A TRIBO PERDIDA

A TERRA PROMETIDA

Série

A TRIBO PERDIDA

✡

Jamais Esqueça Quem Somos (Vol. 1)

A Terra Prometida (Vol. 2)

✡ ✡ ✡

Leia também:

Série

MOISÉS

Um Príncipe sem Coroa (Vol. 1)

O Profeta Fundador (Vol. 2)

JACQUES LANZMANN

A TRIBO PERDIDA

A TERRA PROMETIDA

Volume 2

Tradução
Roberto Francovalente

BERTRAND BRASIL

Título original: *La Tribu Perdue — Imagine la Terre Promise*

Capa: Rodrigo Rodrigues

Editoração: DFL

2007
Impresso no Brasil
Printed in Brazil

CIP-Brasil. Catalogação na fonte
Sindicato Nacional dos Editores de Livros, RJ

L299t Lanzmann, Jacques, 1927-2006
A terra prometida/Jacques Lanzmann; tradução Roberto Francovalente. – Rio de Janeiro: Bertrand Brasil, 2007.
196 p. : – (A tribo perdida; v. 2)

Tradução de: La tribu perdue: imagine la terre promise
Seqüência de: Jamais esqueça quem somos
ISBN 978-85-286-0904-2

1. Romance francês. I. Francovalente, Roberto. II. Título. III. Série.

CDD – 843
07-1169 CDU – 821.133.1-3

EDITORA BERTRAND BRASIL LTDA.
Rua Argentina, 171 — 1º andar — São Cristóvão
20921-380 — Rio de Janeiro — RJ
Tel.: (0xx21) 2585-2070 — Fax: (0xx21) 2585-2087

A meu irmão Claude

SUMÁRIO

CAPÍTULO 1 — *Em que se folheiam algumas páginas do Livro secreto dos judeus de Aizawl, em companhia do rabino e dos principais membros da comunidade. Em que se resume sumariamente o primeiro volume dessa epopéia. Em que se fica sabendo que os judeus do Mizoram (um Estado da União Indiana) foram expulsos de Samaria no ano 722 antes da era cristã. Deportados para a Assíria, eles fogem para a Babilônia, erram através da Pérsia e do Afeganistão. Fundam reinos efêmeros na Ásia Central: em Samarcanda, em Bucara. Chegam a Xi'an sob o imperador Qin, e lhe dão de presente um jogo de xadrez. Retiram-se para Kaifeng, sob a dinastia Song, alguns séculos mais tarde, onde comerciam seda e especiarias. Transpõem o Himalaia, fornecem conchas do mar para os templos lamaístas. Retornam à China, participam da revolta dos Turbantes amarelos. Vêem-se novamente exilados na selva, onde acabam por perder a memória. Um dia ela lhes retorna, graças a pregadores anglicanos que penetram a grande floresta, munidos da Bíblia e de fuzil. Hoje, passados 3 mil anos de tribulações, eles reivindicam sua condição de Manassés, uma das 10 tribos míticas que se acreditava perdidas. Não existe mais a marca no seu ombro esquerdo, como antigamente, com as iniciais aramaicas significando "Justiça e Vingança" para a glória de Israel. Alguns o lamentam. A todos anima o mesmo desejo ardente: o de viver e morrer na Terra Prometida. Em pequenos grupos, eles seguem para lá.* 11

CAPÍTULO 2 — *Em que se fica sabendo que Jezabel, a filha de Saul de Bucara, é mantida prisioneira por Sudgi, um pequeno rei das estepes, exalando arrogância e podridão. Seria Sudgi tão bestial e desalmado como se acredita? É ele quirguiz de ascendência pura, ou bastardo de outras raças? Iremos logo saber. Enquanto espera, armado de arco e flechas, Sudgi, um grande caçador de ursos e de cervos, percorre as florestas e as trevas, em busca de um outro eu...* 31

CAPÍTULO 3 — *Em que encontramos novamente Jezabel ao lado do zelota Eleazar, durante o cerco de Massada. Mas vamos escutar Absalão. Ao criticar o Livro ele nos conta muitas coisas mais...* 83

CAPÍTULO 4 — *Em que se fica sabendo da ressurreição de Saul de Cochim, o trigésimo do nome, na sua boa cidade de Cochim, litoral de Malabar. Mil e trezentos anos passaram voando pelo mundo, lançando mais sombra ainda do que luz, e em nada pouparam o povo judeu. Deixado por Deus à beira de um caminho chinês, 13 séculos antes, Saul de Cochim, investido de uma missão divina, vem advertir os judeus da Espanha de um perigo iminente. Há uma grande distância entre a revolta dos Turbantes amarelos e as desgraças da Inquisição, mas as coisas da vida são feitas sempre assim, de forma a atingirem a humanidade em seu conjunto. Meses mais tarde, embarcando com Cristóvão Colombo na nau* Santa Maria, *Saul chegará em terra, mas não reconhecerá as Índias...* 127

CAPÍTULO 5 — *Em que se sabe das desventuras de Saul de Cochim, trigésimo do nome. No dia 30 de julho de 1492, o judeu indiano é preso num bar suspeito de Palos e arrastado até Cristóvão Colombo por seus capatazes. No dia 3 de agosto, em plena Inquisição, a nau*

Santa Maria *levanta âncora e solta as amarras em direção às Índias, tomando uma nova rota marítima. Neste capítulo fica-se sabendo que, após longa e movimentada viagem, a nau* Santa Maria, *finalmente, chega em terra. Satisfeito com o seu promontório e os seus cálculos, Cristóvão Colombo desembarca, certo de estar pisando em solo da Índia. Mas Saul mostra-se categórico: não se trata das Índias, mas sim de um outro continente, pois das Índias ele conhece muito bem as cores e os perfumes. Ébrio diante daquela descoberta devida ao acaso, o navegador promete a Saul de Cochim interceder junto ao rei em favor dos judeus da Espanha...* 157

CAPÍTULO 1

Em que se folheiam algumas páginas do Livro secreto dos judeus de Aizawl, em companhia do rabino e dos principais membros da comunidade.

Em que se resume sumariamente o primeiro volume dessa epopéia.

Em que se fica sabendo que os judeus do Mizoram (um Estado da União Indiana) foram expulsos de Samaria no ano 722 antes da era cristã. Deportados para a Assíria, eles fogem para a Babilônia, erram através da Pérsia e do Afeganistão. Fundam reinos efêmeros na Ásia Central: em Samarcanda, em Bucara. Chegam a Xi'an sob o imperador Qin, e lhe dão de presente um jogo de xadrez. Retiram-se para Kaifeng, sob a dinastia Song, alguns séculos mais tarde, onde comerciam seda e especiarias.

Transpõem o Himalaia, fornecem conchas do mar para os templos lamaístas. Retornam à China, participam da revolta dos Turbantes amarelos. Vêem-se novamente exilados na selva, onde acabam por perder a memória. Um dia ela lhes retorna, graças a pregadores anglicanos que penetram a grande floresta, munidos da Bíblia e de fuzil.

Hoje, passados 3 mil anos de tribulações, eles reivindicam sua condição de Manassés, uma das 10 tribos míticas que se acreditava perdidas.

Não existe mais a marca no seu ombro esquerdo, como antigamente, com as iniciais aramaicas significando "Justiça e Vingança" para a glória de Israel.

Alguns o lamentam. A todos anima o mesmo desejo ardente: o de viver e morrer na Terra Prometida.

Em pequenos grupos, eles seguem para lá...

O rabino impacientou-se. Como na véspera, havia convocado as pessoas do Livro. Estas tomariam a palavra, uma de cada vez. Algumas, pelo espaço de 20 ou 30 anos; outras, pela duração de um século. Desde o desaparecimento das carroças onde se empilhavam as estelas, as tabuinhas de argila, os rolos de papiro e pergaminhos de toda espécie, os narradores haviam se transformado, eles próprios, no Livro. Conheciam a sua história na ponta da língua. Tinham decidido fazer tudo para que o Estrangeiro compreendesse que, a despeito do seu físico asiático, eram tão judeus quanto ele.

No dia anterior, impressionados com a presença bem-vinda daquele senhor israelense alto e cordial, proveniente de Jerusalém expressamente para avaliá-los, eles haviam narrado o seu primeiro milênio, que se iniciava com a tomada de Samaria pelos assírios e terminava na China, bem depois da morte do imperador Qin.

Toda uma linhagem de homens chamados Saul — sobreviventes dos exílios assírio e babilônico — constituiu o braço que vingou Israel das desgraças passadas. O primeiro deles, obedecendo aos últimos desejos de seu pai, tombou durante o cerco a Samaria. Ele levou o fogo e o sangue até o coração da capital assíria. Mais tarde, outros de mesmo nome se lançaram contra Nabucodonosor. Mais tarde ainda, outros, tendo o ombro esquerdo tatuado com as iniciais das palavras "Justiça e Vingança", serviram à causa dos reis persas, protetores de

Israel. E outros mais, movidos pelo fascínio e pela desconfiança, tornaram-se seguidores de Alexandre, o Grande, nas suas conquistas e em massacres, desde o delta do Nilo até as montanhas do Pamir.

Longe de Israel, perdidos naquela geografia selvagem da mesma forma que na história que não mais conseguiam recuperar, alguns deles fundaram reinos de efêmera existência na Ásia Central. Fixaram-se em Hamada, em Bucara, em Samarcanda, e se espalharam ao longo da rota das especiarias e da seda. Vamos reencontrá-los até na China: em Kaifeng, com os Songs, em Xi'an, com os Ts'ins. Ali, um Saul de Bucara, que levava de presente ao imperador um jogo de xadrez, por pouco não conseguiu levantar o exército chinês contra os gregos.

E, mais ainda: quando da morte do imperador Qin, esse Saul dedicou-se a salvar da vala comum os soldados com os quais o rei havia unificado os Reinos em luta. Diante do Conselho dos Sábios, Saul pleiteou clemência para eles, e conseguiu. Então, foram esculpidas na argila as réplicas de cada um dos soldados, traço por traço, alma por alma. A cidade inteira pôs mãos à obra. Quando as 17 mil figuras, em tamanho natural, com suas armas e uniformes, saíram dos fornos, foram dispostas em formação nas galerias subterrâneas: um exército inteiro de terracota, enterrado próximo ao imperador para protegê-lo dos inimigos invisíveis que povoam as trevas.

Dessa forma, como veremos aqui, para onde quer que tenham ido, com os senhores ou nas galés, com os que construíam o mundo ou com os que o destruíam, no comando de uma tropa ou à frente de um simples bando de místicos, os Manassés não deixaram de trabalhar para libertar Israel de seus sucessivos ocupantes.

Mesmo no pior de todos os períodos mais negros, subjugados ou integrados, convertidos ao islamismo, ao hinduísmo, ao budismo, ao cristianismo anglicano, ou fazendo sacrifícios ao animismo — essa religião das grandes florestas —, a sua memória roubada era despertada apenas à menção do nome de Israel. Uma misteriosa voz interior recomendava-lhes que jamais esquecessem sua missão. Eram os divinos, os justiceiros de Israel. E a voz, a do ancestral Saul, ferido mortalmente por uma flecha assíria nas muralhas de Samaria, acrescentava:

"Vai, filho meu, vai. Na aparência, será dócil como qualquer um deles, mas dentro de você a revolta não cessará de rugir. E, então, porá sua inteligência e seu talento a serviço de nossa vingança. Fará de modo que, uma vez concluído, o palácio que lhe houverem encomendado desmorone sobre o vencedor e todo o seu séquito."

O Estrangeiro saiu do alojamento de Aizawl, onde estava hospedado: uma construção sólida que abrigava os funcionários indianos do Estado do Mizoram. Não havia, em toda a região, outros turistas além dele, e por isso a todo momento muitos jovens detinham-no e o interrogavam, querendo saber de onde vinha e o que estava fazendo ali.

Homem de poucas palavras, ele dava respostas evasivas e logo se despedia, sob o pretexto de que o rabino o estava esperando. Com aquela frase, intencionalmente provocava os jovens: "Um rabino? Mas o que é um rabino? É como um tabelião, um advogado?" Ser aguardado na sinagoga por um rabino era algo completamente incompreensível para eles.

Pelo caminho, o Estrangeiro ia se dando conta de que os mizos não nutriam nenhum sentimento particular pelos judeus. A maior parte até mesmo ignorava a presença deles na cidade. Contrariamente ao que lhe haviam informado, e que o haviam feito acreditar, em Jerusalém, ali não se contavam judeus aos milhares, mas apenas algumas centenas.

Em compensação, os mizos freqüentavam assiduamente os templos presbiterianos, que se elevavam, imponentes e numerosos, pelos cumes das 17 colinas que a capital englobava, cidade construída entre vertiginosos abismos e precipícios. Onde quer que se estivesse, o olhar tombava no vazio e seguia, de mergulho em mergulho, agarrando-se, aqui e ali, a uma vaporosa nuvem ou a uma ravina verdejante.

No final da rua central agitavam-se camponeses diante de barracas de artesãos. O Estrangeiro abriu caminho por entre eles e tomou a senda que conduzia à sinagoga. O galpão, mal fixado em sua parte inferior, todo mês deslizava alguns centímetros, mas os judeus de Aizawl nem se preocupavam com isso: contavam chegar a Israel antes que seu local de culto desmoronasse de uma vez. E confiavam no recém-chegado para isso. Convencê-lo caberia a eles.

Como havia acontecido na véspera, cerca de 20 narradores estavam se preparando.

Aquele colegiado da memória era obra do rabino. A partir dali, sem dúvida, e até tarde da noite, a obra iria transformar-se numa obra-prima. Só dependia, agora, dos porta-vozes e da sua arte narrativa. Nenhum deles havia lido, alguma vez, o livro sagrado, mas todos tinham sido moldados por ele. Do Livro, não conheciam senão o seu fim lastimável, devorado por cães famintos, ferozes molossos surgidos da floresta, numa desolada e longínqua região. Os cães se haviam regalado com os papiros e os pergaminhos cobertos de mofo, abocanhando aqueles punhados de folhas de seda e de papel, devorando às dentadas todas as escrituras do Oriente: o aramaico e o hebraico, o sumeriano e o sogdiano, o grego e o latim, o persa e o árabe, o uigur e o chinês, o hindi e o tibetano.

Teriam vindo aqueles cães selvagens de Bengala ou do Himalaia? Das estepes mongóis, do deserto do Taklamakan? Ou, mais provavelmente, da imaginação dos antepassados?

O Estrangeiro, manassé ele próprio, com a pele marcada com o sinal secreto, não acreditava nem no Livro, tal como o apresentavam a ele, nem nos cães, tais como lhe eram descritos. Entretanto, e depois de muitas perguntas e hesitações, ele passou a confiar na lenda da tribo. Quantos séculos teriam decorrido sem que aparecesse algum Saul? Foi necessário esperar pela abominação da *Shoah** para ver sur-

---

* A palavra *Shoah*, em hebraico, refere-se ao extermínio sistemático dos judeus durante o nazismo na Alemanha. É o conhecido "holocausto", termo de certa forma impróprio, já que se refere ao sacrifício de animais pelos judeus, antes da destruição do Templo. (N. T.)

girem novamente Manassés caçando criminosos de guerra. Não havia sido, ele próprio, marcado por seu pai, depois de ter este participado da captura de Adolf Eichmann?

Os Manassés de Aizawl nada sabiam a esse respeito. Mas como e por que meios poderiam sabê-lo, uma vez que o Livro de nada falava? Na verdade, iniciado no ano 722 a.C., terminava em 1492, na época de Torquemada. Depois, nada mais. Nem um fragmento, uma linha, supondo-se que os próprios exilados, ao final da Inquisição, tê-lo-iam queimado. Os Manassés de Aizawl desmentiam essa versão. O Livro jamais havia transitado pela Espanha. Era propriedade das diásporas babilônica e persa. Contava os êxodos mesopotâmicos, as transumâncias do povo judeu para novas terras de acolhida. E, através desses avatares, ele abrigava os vingadores de Israel, personagens prodigiosos cobertos de glória e de heroísmo, irmãos de alma e de armas dos macabeus, dos Bar Ghiora, dos Ben Yair, dos Bar Kokhba.

Muita coisa ainda se preparava para o Estrangeiro naquele dia e naquela noite. Muitas surpresas e muitas exaltações ainda o aguardavam. Já na véspera, ele vibrara com as proezas guerreiras da jovem cavalaria judaica, engajada ao lado de Alexandre, o Grande. Nenhum texto grego jamais havia mencionado aquela epopéia, senão, talvez, por algumas palavras de Aristóteles numa carta endereçada ao seu mais prestigioso discípulo.

O Estrangeiro se lembrou como os historiadores e os escribas, quer fossem da Antigüidade ou dos tempos modernos, sempre se haviam posicionado para apagar o menor vestígio do povo hebreu, esquecendo as suas numerosas permanências forçadas no Egito. A não ser a Bíblia — que narra a saída dos hebreus e os males infligidos aos faraós —, só pouquíssimos textos, algumas inscrições hieroglíficas, mas nem o mais simples monumento erigido sob os antigos impérios do Alto ou do Baixo Egito assinalam a presença do povo hebreu, em qualquer período que seja. Mais ainda: por mais que o Estrangeiro puxasse pela memória, não conseguia lembrar de nenhuma obra recente, ensaio ou álbum consagrado ao Egito faraônico, que tratasse devidamente da história e devolvesse aos judeus todo o suor e o sangue derramados.

Em suas visitas aos sítios arqueológicos de Luxor e de Saqqarah, aos museus de Assuã e do Cairo, às escavações da Núbia e da Alexandria, consultando arqueólogos e simples guias, ele se espantava de que nunca, nada ou ninguém o houvesse informado sobre o passado hebreu no Egito, como também jamais lhe havia sido falado sobre as deportações maciças sob o domínio de Ptolomeu. E quanto a estas últimas, decretadas aproximadamente no ano 270 antes da nossa era, nem uma inscrição, uma epígrafe, um epitáfio. Nem o menor traço, nem uma moeda. Nem o menor sinal, como se a Bíblia tivesse inventado os judeus só para satisfazer um ódio três vezes milenar. E o que dizer de Alexandria, a maior cidade hebréia do mundo, que contava com uma população de 400 mil judeus sob o reinado de Herodes?

Com aquela lenda dos Manassés, disse o Estrangeiro consigo mesmo, a Bíblia teria dali em diante um sério concorrente. Certamente, o Livro era influenciado e ditado pela Bíblia, inspirado, também, pela sublimação e imaginação. Mas onde se encontrava a verdade: na profundeza úmida das raízes? Sob a trama da superfície? Ou na sangria, no meio da seiva?

✡

Assim como na véspera, os personagens importantes se haviam agrupado em torno do rabino. Todos, tanto este último quanto os narradores, davam-se ares de conspiradores chineses. Os olhos rasgados, os zigomas salientes, todos vestidos de preto, os judeus de Aizawl, efetivamente, conspiravam. Cada qual procurava um meio de ir mais rapidamente ao ponto essencial, todos dispostos a saltar por um decênio, um quarto de século, até 50 anos, ou mesmo 100. Tantos Saul havia, para fazerem desfilar tanta bravura, tantas tragédias para contar, que seria necessário a eles um tempo narrativo equivalente ao tempo real.

Assim, tanto os narradores quanto o rabino procuravam, juntos, como chegar, em pouco mais de dois milênios, ao ponto principal, às folhas boas do Livro. Contavam e descontavam o tempo, temendo um cálculo malfeito. Lembravam-se do último dos seus heróis, no qual se haviam detido na noite anterior — um certo Saul de Bucara, que se apresentou com um jogo de xadrez perante o imperador Qin, dois séculos antes da era cristã.

Seduzido pela movimentação das peças, como também pelas infinitas possibilidades daquele jogo de espírito, o imperador chinês desejou recompensar o judeu.

— Diga-me do que gostaria. Nada posso recusar-lhe, pois sou seu devedor!

Ao que Saul respondeu:

— Não quero nada para mim, só para meu povo.

— E qual é o seu povo? — interrogou o grande Qin.

— O meu povo está sob o domínio dos gregos, pois estes estão reinando sobre a Pérsia, o Egito e Israel...

Como jamais tivesse ouvido falar de persas, gregos ou de Israel, o rei dos reis dos reinos do Oriente, o mais poderoso monarca do mundo, fez um muxoxo e disse:

— Eu gostaria de dar-lhe um presente, assim, de um homem para outro homem.

Saul de Bucara respondeu:

— Muito bem, então dai-me homens em número suficiente, vossos melhores soldados, vossos melhores oficiais, e nomeai-me como vosso chefe, para que eu possa finalmente entrar vitorioso na Terra prometida, de onde os meus foram expulsos.

Ao que o imperador exclamou:

— Você quer homens? Mas não existe presente pior! Pede-me ouro, isso sim!

Como Saul se obstinasse a preferir homens a ouro, o imperador acabou dizendo:

— Está bem, seja. E quantos homens quer?

— Quero dezenas de milhares. Um exército inteiro, bem treinado e equipado, com cavalos e elefantes. E também camelos, pois teremos de atravessar terríveis desertos.

E assim, com argumentos e mais argumentos, Saul conseguiu provocar o rei dos reis. Indicando o tabuleiro de xadrez, que havia adquirido num bazar em Susa, disse:

— Como podeis ver, essa tábua, feita de sicômoro, compõe-se de 64 casas. Imagineis, agora, que eu vos peça para colocar um grão de trigo na primeira casa, dois na terceira, quatro na quarta, oito na quinta, 16 na sexta. E assim sucessivamente, até a sexagésima quarta casa, duplicando a quantidade de cada vez. Imagineis, ainda, que aceiteis transformar todos esses grãos em tantos soldados quantos necessários...

O imperador interrompeu-o com vivacidade:

— Vá lá que me tome por um imbecil, mas não suporto é que me tome por um pobre. Pare de fazer essas contas de mendigo, pois a mediocridade me desagrada tanto que eu poderia voltar atrás com a minha palavra e recusar-lhe minha filha Li-Wa.

Saul só pensava na filha do imperador com a intenção de melhor servir a Israel. Uma vez casado, atingiria o mais elevado posto da hierarquia militar chinesa. Chegada a hora, aproveitaria a primeira oportunidade para fazer marchar a tropa contra os gregos e seus aliados. Por outro lado, surgiam rumores de que os lagidas, sob as ordens de Ptolomeu, estavam deportando de Israel para o Egito 200 mil judeus para trabalhos forçados.

Saul não se alterou: ele sabia engolir cobras e transformar-se em serpente. Falou, com ar sério:

— Quero advertir-vos com toda honestidade, ó grande imperador, que se seguirdes dessa maneira, desde a nona casa — onde me detive com meus 256 grãos de trigo — até a sexagésima quarta e última casa, aposto como vos vereis arruinado antes do final da contagem.

A gravidade do seu tom inquietou o augusto soberano. Podia-se adivinhar que ele se entregava a um rápido cálculo mental. Depois, voltando a sorrir, replicou:

— Mas eu, eu aposto o contrário!

— O contrário? O que quereis dizer com isso?

— Quero dizer com isso que você não enriquecerá às minhas custas e que ainda me restarão mais soldados do que o necessário para aniquilar os mongóis, do outro lado da Grande Muralha que estou construindo com esse objetivo.

Pedindo ao imperador que apanhasse o seu ábaco de madrepérola, Saul empurrou o tabuleiro para a frente dele, dizendo:

— Eis aqui o que vai nos servir de árbitro. Quanto ao vosso ábaco, ele irá entregar os pontos na quadragésima casa, pois não mais poderá contar para além dela!

O imperador assumiu ar de superioridade, dando início às suas multiplicações. Na vigésima casa, tendo colocado sobre a primeira um grão de trigo, dois na segunda, quatro na terceira, oito na quarta e assim sucessivamente, até à vigésima, ele chegou ao total de 524.288 grãos — ou soldados.

Na vigésima quinta casa, encontrou 16.777.216 grãos — ou soldados.

A partir dali, o imperador Qin começou a perder sua soberba. Quanto ao trigo, vá lá que fosse. O problema é que ele não possuía tantos soldados assim. Mesmo convocando reservistas, idosos e inválidos, ainda estaria muito aquém da conta. Na verdade, estava tão espantado e admirado quanto contrariado. E foi então que Saul o preveniu:

— De agora em diante, será impossível prosseguir. Só algum sábio matemático seria capaz de substituí-lo.

Com um sobressalto, o imperador exclamou:

— Como sou idiota! Ainda ontem à noite mandei enterrar vivo o maior sábio de todos.

— Talvez não seja tarde demais, salvai-o depressa, antes que ele entregue a alma!

O imperador ordenou que desenterrassem o seu sábio, que havia cometido o pecado de comentar, em família, um texto do venerável Confúcio.

E, enquanto aquele matemático se refazia das suas emoções, a algumas léguas do palácio, onde o retiravam do buraco que ele próprio havia cavado, Saul avisava ao augusto soberano:

— Precisais saber do seguinte (porque sem o conhecimento das unidades que confinam com o infinito, não vos será possível avaliar a extensão do vosso desastre): saibeis, pois, que um bilhão corresponde a mil milhões, e que um milhão de bilhões equivale a um trilhão.

O imperador pareceu de tal maneira desconcertado, que Saul procurou minimizar o fato:

— Quem sabe a vossa colheita de trigo, talvez — e se o bom tempo assim o permitir —, possa ser suficiente para preencher a última casa do jogo.

Nesse ínterim, chegou o matemático. Com o corpo todo tremendo, prosternou-se diante do imperador, jurando eterno reconhecimento.

Com uma careta, o imperador falou:

— É melhor agradecer ao judeu, pois é a ele que deve a vida.

Dava pena ver o pobre homem que havia passado o dia inteiro enterrado, só com a cabeça do lado de fora.

Saul ajudou-o a sentar-se diante do tabuleiro e explicou-lhe o princípio, confessando que jamais havia conseguido chegar a uma cifra aceitável para além da qüinquagésima casa. E, para ajudar o matemático nos seus cálculos, informou ali mesmo o resultado da qüinquagésima casa: 562.949.953.421.312 grãos de trigo — ou soldados.

No velho, o medo cedeu lugar ao assombro. Imediatamente se pôs à obra, pedindo apenas que se acoplassem três ábacos num só. Isso levou algum tempo, mas o matemático não o deixou perder-se, enfileirando logo impressionantes carreiras de algarismos.

Na qüinquagésima quinta casa, alinhou 17 algarismos na mesma fileira, e isso dava 10.014.398.509.481.984 grãos — ou soldados.

Embasbacado, sabendo que havia perdido a aposta, o imperador mostrou ser um bom jogador, optando por se entusiasmar também, por sua vez.

Na sexagésima casa, o cálculo ficou complicado. Foi necessário acrescentar mais um ábaco aos três outros, pois o número obtido havia passado de 17 para 18 algarismos.

Fascinado, à beira do esgotamento, tendo acabado de passar pelo suplício e suas torturas, o velho estrebuchou várias vezes seguidas, chegando ao total das casas sexagésima primeira, sexagésima segunda e sexagésima terceira. Ali, agora, contavam-se carreiras de 19 algarismos. E, como o imperador já estivesse ficando impaciente, ordenou que servissem uma refeição com bebidas quentes ao seu sábio, para que este pudesse recuperar toda a sua conhecida eficácia e vivacidade.

Chegou, finalmente, o momento em que o sábio apresentou a soma total de grãos que correspondia à dívida do imperador. O resultado era de tal forma imprevisível e colossal, que no fim não se via mais ganhador, nem perdedor, nem vencedor e nem vencido, mas apenas três homens triunfantes, que repetiam como numa litania: "9.223.372.036.854.775.808".

Transformado em quilos, o número era ainda mais prodigioso, pois aquela fabulosa e hipotética colheita de trigo pesava 5.425.512.962.855.* Ou seja: 542.551.296.286 toneladas.

Fosse o que fosse dos bilhões e dos trilhões, aquela cifra ultrapassava qualquer entendimento. O imperador e seus convidados, como também o matemático, mal compreendiam como se chegava a um tal número a partir de um único grão de trigo colocado na primeira casa de um tabuleiro de xadrez.

Ao que Saul explicou ao imperador que, imaginando um rendimento de 120 quilos de trigo por hectare, ser-lhe-ia necessário cultivar 4.521.260.862.380 hectares. Em outras palavras, 306 vezes a superfície das terras não submersas do planeta.

À beira de uma vertigem, atingido pela síndrome dos grãos de trigo, o imperador balançava levemente a cabeça. Estava disposto a tudo para honrar sua dívida. Até mesmo a lançar seus exércitos contra as muralhas de Jerusalém, para expulsar os invasores gregos.

Saul olhou bem nos olhos do imperador e disse:

— Devo esclarecer uma coisa, pois ainda não estou certo de que tenhais compreendido direito: se toda a Terra vos pertencesse, e se

---

* Antiga unidade de medida de peso, equivalente a quatro arrobas. (N. T.)

quisésseis semeá-la inteira com trigo, levaríeis mais de três séculos para colher todo o grão que estais me devendo.

O imperador interrogou com os olhos o seu matemático. Este confirmou:

— Perfeitamente, Majestade. A conta está certa.

O imperador deu, então, um sorriso estranho. Afastou de si o tabuleiro e desafiou Saul a uma inesperada partida de queda de braço. Normalmente, ela era praticada no palácio, mas os cortesãos apenas faziam uma resistência simulada. Daquela vez, o judeu deu provas de uma excepcional força no punho. O braço do imperador cedeu.

Controlando sua cólera, o vencido falou:

— Você me venceu. Agora é a minha vez de atormentá-lo: vou obrigá-lo a beijar minha filha em 64 partes do seu corpo de alabastro. Começará por lhe dar um beijo sobre o nariz. Dois sobre a pálpebra aveludada. Quatro na outra pálpebra. Oito sobre a testa. Dezesseis na sua face de pêssego. Trinta e dois sobre a outra face. Sessenta e quatro sobre o lábio inferior. Cento e vinte e oito no lábio superior. Duzentos e cinqüenta e seis na boca ávida. Quinhentos e doze sobre o seio direito. Mil e vinte e quatro sobre o seio esquerdo. Em seguida, beijará 2.048 vezes a pelugem do seu púbis. Depois, 4.096 vezes a fenda estreita e sedosa. E assim, sucessivamente, duplicando o número nas coxas e nas nádegas, nos pés e nos joelhos. Até a sexagésima casa de pele, onde se perderá na infinita doçura da parte de trás dos joelhos.

Saul soltou uma gargalhada, dizendo:

— Por essa conta, entre trilhões e bilhões, vou levar tanto tempo assim que não poderei nem mesmo fazer para vós o neto que desejais!

O imperador nem respondeu. Voltando-se para o matemático, disse:

— Calcule-me isto: à razão de um beijo a cada três segundos, quantas horas, dias, anos, séculos necessitaria o marido de minha filha para dar a volta em todo o seu delicioso corpo?

O pobre matemático viu ali uma oportunidade para brilhar:

— Que Vossa Majestade me desculpeis e me perdoeis, porém o jogo que estais propondo a vosso convidado parece-me desproporcional em relação ao problema que ele vos apresentou, e à aposta que concluístes...

O imperador, que não apreciava nada aquele tipo de cuidado, lançou-lhe um olhar sombrio e perguntou secamente:

— O que quer dizer?

— Quero dizer o seguinte: pela aposta que há pouco perdestes, tereis de pagar o total de grãos colocado na sexagésima quarta casa do tabuleiro de xadrez. Em troca, o judeu, vosso hóspede, deverá distribuir tantos beijos — desde a primeira até a sexagésima quarta fração do corpo de vossa filha — quantos ele dará ao final, quando totalizará os beijos sobre a sexagésima quarta parcela de pele, de incomparável finura.

O imperador parecia não entender, então o matemático precisou melhor seu exemplo:

— Vossa Majestade não pagastes todos os grãos que dispusestes sobre o tabuleiro, de casa em casa. Pagastes apenas o número final, totalizado na última casa, enquanto vosso amigo, o nobre judeu, terá de adicionar aos beijos da última todos os que já terá dado antes, para chegar, assim, da primeira até a sexagésima quarta casa de pele.

Saul felicitou o matemático, convidando-o a retomar seus instrumentos.

O velho se agitou durante duas boas horas, fazendo as esferas correrem pelas hastes de ferro. Finalmente, ficou pronto para revelar quantos beijos teriam de ser prodigalizados: o número era astronômico, irreal. Tratava-se de 18.446.744.613.709.551.615 beijos...

O imperador e Saul trocaram um olhar estupefato. No entanto, ainda não haviam chegado ao termo de seu estupor, pois o matemático prosseguia com a sua demonstração:

— Deveis saber que em 12 meses, levando em conta os anos bissextos, um a cada quatro anos, existem 365 dias, os quais, convertidos em segundos, dão um total de 31.557.600 segundos. Assim, à razão de um beijo a cada três segundos, não se pode chegar senão a 10.519.200 segundos por ano.

Voltando-se para o imperador, o velho sábio, que continuava sem saber se lhe concederiam a graça ou o devolveriam à Terra, resumiu:

— Seria necessário ao hóspede de Vossa Augusta Majestade 1.753.126.138.272 anos para beijar vossa filha nas 64 parcelas de seu gracioso corpo. Isso, duplicando os beijos a cada grão de pele aflorada pelos lábios.

O velho matemático retomou o fôlego e acrescentou:

— A Terra existe há quatro trilhões de anos. É por isso, ó grande soberano, que a punição que infligis a vosso hóspede é destituída de sentido, pois, para beijar vossa filha como o combinado, e de uma só vez, em 64 pontos, ele precisaria viver ainda algo como 440 vezes a idade da Terra. Ou ainda pior: 110 vezes a idade do universo.

Então, o imperador perguntou:

— Se a Terra existe há quatro bilhões de anos, em quanto estima a idade do universo?

— A idade do universo é de 16 bilhões de anos.

O imperador deixou escapar um assobio de admiração:

— O judeu deveria então beijar minha filha por 11 vezes mais que os 16 bilhões de anos que compõem e regem o universo desde a sua criação?

— Exatamente, por 156 bilhões de anos...

O imperador nem mais procurava compreender. Esmagado pelo tempo e os algarismos, perdido em meio aos bilhões de anos decorridos, ou ainda por vir, ele repetia consigo mesmo:

— E tudo isso partindo de um único grão de trigo, multiplicado por dois...

Saul sorriu e corrigiu:

— Sim, tudo isso a partir de um único soldadinho, colocado sobre a primeira casa do tabuleiro de xadrez...

✡

Nenhum soldado chinês veio em socorro dos judeus de Jerusalém. Fulminado por um ataque súbito, o imperador morreu, e por muito pouco não arrastou também consigo o seu séquito e seus parentes para o mundo do além. Abalando a ordem das coisas, Saul de Bucara, o ardente manassé, salvou a família e os fiéis guerreiros de uma morte certa. O Livro dá a entender que ele desposou Li-Wa, a filha do imperador, e que teve muitos filhos. Não se conhecem mais detalhes, porque o Livro dos Manassés só cobria em parte a epopéia dos judeus na China. Muitas páginas que ficaram em branco davam o testemunho dessa negligência da história. Entretanto, é possível seguir, embora de maneira um pouco imprecisa, o ramo dos Saul de Bucara. Ele constitui uma linhagem em Xi'an, depois emigra para Kaifeng.

O rabino mostra-se categórico. Se o Livro dos judeus está incompleto e se ele se mantém mudo acerca de alguns acontecimentos e capítulos, em compensação há textos chineses que atestam a odisséia de uma diáspora judaica no Império do Meio.

Comparada à louca explosão matemática resultante da multiplicação dos beijos e dos grãos de trigo, a narração seguinte pareceu muito mais simples, apesar da presença repetida de uma multidão de homens chamados Saul, em meio aos quais o Estrangeiro quase se perdeu.

Reunidos na sinagoga, os judeus de Aizawl achavam-se com mais sorte que Saul de Bucara. Não teriam mais que 20 séculos para expor. E ainda precisavam concordar quanto a um método de narração.

A discussão sobre o método já durava um bom tempo quando chegou o Estrangeiro. E então, como que por encanto, os notáveis e o rabino chegaram a um acordo. Congratularam-se mutuamente com muitos *shaloms*, e depois, como na véspera, um dos narradores adiantou-se para o púlpito sobre o qual repousava a *Torah*. Olhou diretamente nos olhos do Estrangeiro e disse:

— *Eu sou o Livro, pois ele habita em mim. Eu sou a floresta onde o Livro está oculto. Nenhum cão perambula, nem perto nem longe. Não ouço nem latidos de coiotes, nem uivos de lobos. Nem mesmo o grito dos papagaios, nem a balbúrdia dos mainás. Ouço apenas um roçar de papiros e de caniços, o barulho oco das estelas que se entrechocam quando as transportamos, o ruído surdo das tabuinhas que consultamos...*

CAPÍTULO 2

Em que se fica sabendo que Jezabel, a filha de Saul de Bucara, é mantida prisioneira por Sudgi, um pequeno rei das estepes, exalando arrogância e podridão.

Seria Sudgi tão bestial e desalmado como se acredita? É ele quirguiz de ascendência pura, ou bastardo de outras raças?

Iremos logo saber. Enquanto espera, armado de arco e flechas, Sudgi, um grande caçador de ursos e de cervos, percorre as florestas e as trevas, em busca de um outro eu...

Com cerca de 50 anos, vestido com uma túnica em farrapos, o homem fez uma pausa e encarou orgulhosamente o Estrangeiro. Olho no olho, ele prosseguiu:

O livro de Elias

Eu sou o Livro em toda a sua estrutura e em todos os seus estados. Assim, com a sua permissão, vou acrescentar: eu sou o século primeiro. E, no início desse século dos cristãos, eis-me aqui de novo próximo de Bucara e de Samarcanda, com aquela comunidade judaica fundada por Saul, o Gêmeo, o qual se aliou a Alexandre, o Grande, antes de voltar-se contra ele. Aquele Saul de Mênfis, que ontem descrevemos, fundava comunidades judaicas, enquanto Alexandre fundava novas Alexandrias. E Saul possuía, em seu regimento, muitos cavaleiros e, nas carroças do macedônio, muitas mulheres da vida, para assim estabelecer colônias, ou reinados, pelos quatro cantos do Oriente.

O narrador, de nome Elias, acelerou bruscamente sua narração:

Estamos no ano 55 d.C.. Um profeta judeu, como jamais existiu outro em Israel, prega, tal como Jeremias, Ezequiel ou Isaías, as boas palavras contra os maus reis ou os ocupantes tirânicos.

Em Bucara, como em Xi'an, nas montanhas do Cáucaso como também nas planícies de Sogdiana, a vinda do Cristo rei e o seu final trágico passaram quase despercebidos. Por causa da grande distância, não se pôde medir a importância do acontecimento, como também não houve nenhuma inquietação diante da ocupação romana após a dos lágidas e dos selêucidas. Bem diversa era a preocupação ante a ameaça dos partas aos estabelecimentos e aos entrepostos que se sucediam na Rota da Seda. Aos incêndios e às sistemáticas destruições, juntavam-se agora a pilhagem das caravanas, a captura dos animais e dos condutores de camelos. Haviam-se acabado os belos dias da cooperação entre chineses e mercadores judeus, firmada 250 anos antes, com o imperador Qin. Dessa vez, não era o tabuleiro de xadrez que monopolizava as decisões, mas a espada. E, naquele jogo cruel, os partas eram tão peritos que os comerciantes de Bucara e de Samarcanda logo se viram numa posição de xeque-mate. E ainda mais, agressivos e com pressa de acabar com eles, os partas marcharam sobre as duas capitais, para expulsar de lá os descendentes daquela famosa cavalaria judaica. Parte do butim de guerra roubado a Ptolomeu e a Alexandre ainda permanecia enterrada em Bucara. O destino quis que ele passasse às mãos dos partas quando, depois de desenterrado e carregado nas carroças, os judeus viram-se forçados a abandoná-lo, como também os veículos, para fugir às hordas de assassinos.

Começou então um longo êxodo, pontuado de amargura e de sofrimentos. Lançados sobre passagens escarpadas e caminhos do deserto, alguns milhares deles tomaram a direção de Jerusalém, conduzidos por um outro manassé, de nome Saul, o Chefe. Em seu ombro esquerdo, a marca do sinal secreto: "Vingança e Justiça", sinal transmitido de pai para filho, desde mil anos.

A travessia das estepes da Ásia Central, a travessia dos rios gelados, a penosa caminhada pela neve e os pântanos, as marchas forçadas, os ataques acrobáticos dos partas, todas essas calamidades permitiram aos mortos chegarem logo ao paraíso, e aos vivos, sentirem o sabor do inferno.

Acompanhado pela filha Jezabel, que manejava o sabre tão bem quanto qualquer oficial, assim como as palavras necessárias tão bem quanto um comandante de homens, Saul mantinha a certeza de dias melhores por vir. O momento presente, assim como o atual caminho estavam, entretanto, ladeados por sepulturas. Cavavam-se dezenas de túmulos a cada dia. Os mortos eram enterrados com verdadeira tenacidade, de tal modo que qualquer ser vivo, de uma hora para outra, podia tornar-se o coveiro do seu vizinho.

Pai e filha exortavam o pequeno grupo. Insuflavam-lhe parcelas de ânimo, migalhas de esperança. E, ao mesmo tempo que, por trás de cada montanha e colina, anunciava a Terra Prometida, Saul ia distribuindo, de um lado, palavras de encorajamento e, de outro, pancadas, reprimindo os revoltados e abandonando os lamurientos.

Assim avançavam sob as ordens e o bastão, seguindo seu chefe, prestes a caírem para não mais poderem levantar-se.

É que Saul, o Chefe, descendente digno daquele Saul de Xi'an, havia herdado, 250 anos mais tarde, o mesmo caráter do antepassado.

Impetuoso, tenaz em quaisquer circunstâncias, ele impressionava tanto os que guiava quanto os que se lhe atravessavam o caminho. É preciso dizer que sua silhueta — beirando os 50 anos, com uma estrutura monumental, todo músculos e força — deixava muita gente impressionada: espantavam-se que uma massa daquelas pudesse deslocar-se com tanta harmonia.

Suave e elegante, a postura tinha algo de bíblico. Pensava-se em Moisés quando este deixou o Egito: um colosso sobre o qual dançavam sombras e luzes. Se acrescentarmos a essa massa um rosto de traços tipicamente semitas, um olhar cinzento como o aço, ora tolerante, ora insustentável, ora misericordioso ou insolente, perceberemos que existia em Saul, o Chefe, como também nos demais Saul de Bucara ou de Samarcanda, de Kaifeng ou de Xi'an, uma nota, ou melhor dizendo, uma dimensão profética. Essa semelhança carismática, que distinguia os heróis de antigamente dos simples mortais, será que poderia explicar-se pela presença de alguns genes messiânicos, reproduzindo-se a cada seis ou sete gerações, tal como podemos ver em nosso Livro?

Francamente, não sei dizer. Porém, a idéia não me desagrada em nada!

Elias abandonou por um instante sua narrativa, designando a assembléia:

— É bem evidente que só nos basta observar para constatar a ausência de qualquer gene messiânico em nossa pequena comunidade. À custa de nos afastarmos da nossa terra, de morar nas terras dos outros, ou de passar por elas, acabamos por misturar nossas almas, assim como nosso sangue...

Encerrando este aparte, Elias retornou ao Livro:

Seguindo Saul, o Chefe, as pessoas caminhavam e morriam. Sabiam, por outro lado, aonde estavam indo, e o porquê de, certamente, jamais conseguirem chegar lá. O importante era ir e estar ali, seguindo os passos de um verdadeiro Messias em carne e osso. Frágil era o consolo de morrer no percurso, quando o sonho era o de ir se extinguir na Terra Prometida. Morrer no caminho de volta proporcionava apenas um triste alívio.

Só restavam uns poucos sobreviventes daquela população judaica que havia partido de Bucara cinco meses antes. A coluna ia diminuindo irremediavelmente, quando um senhor das planícies, um pequeno rei cheirando mal de tanta pretensão, abordou-a, forçando-a a acampar em suas terras. O motivo nada tinha de obscuro. Sudgi — era esse o seu nome — tinha ficado maravilhado com a beleza da loura Jezabel, de olhos de turquesa. Em troca da jovem, oferecia sua caça: o preguiçoso urso, guloso comedor de mel, o antílope da neve, animais de grande e pequeno porte.

Mas Jezabel não era uma jovem a se oferecer, menos ainda a se vender.

Trajado de peles de animais, Sudgi olhava fixamente para a jovem, tal como um falcão faz com a sua presa. Ele próprio se parecia com uma ave de rapina, um longo nariz afilado, o olhar penetrante. Mantinha-se contido, pronto a se lançar sobre ela. Seus companheiros, cerca de uns 10 vagabundos, armados de arcos e lanças, pareciam dispostos a tudo para satisfazer o chefe. Os mais jovens, irmãos, filhos ou primos, todos certamente da mesma família, dada sua semelhança e postura, igualmente devoravam Jezabel com o olhar.

Até então, a filha de Saul, uma jovem com ares de rapaz que não deu certo, nunca havia encontrado pretendente tão teimoso e tão ameaçador. Segurando sua espada com ambas as mãos, ela avançou gritando:

— Não sei quem você é, nem de onde vem! Mas vou preveni-lo de uma coisa: se me quiser, primeiro terá de me matar. E não vejo que tipo de prazer você poderia obter de um ventre morto! Seu corpo, que me parece ardente, conseguiria contentar-se com um destroço sangrento?

Impassível, Sudgi desceu do cavalo e tirou seu pesado agasalho de pele.

Ao vê-lo empunhar uma faca, Saul, o Chefe, afastou sua filha e se interpôs:

— Põe de novo essa arma na bainha, pois ela representa perigo maior para você mesmo. Levante-a somente contra mim e o abaterei feito um porco selvagem, antes mesmo que tenha tempo de gritar.

Com a mão sobre o cabo, Sudgi permaneceu calado.

Saul acrescentou:

— Eu sei, você acha que estamos esgotados. Mas não se engane: uma força prodigiosa ainda nos anima. Deus está conosco, assim como nós estamos com Ele. E essa aliança, selada há muito entre o Eterno e o seu povo, protege-nos mais do que qualquer armadura.

Em posição de combate, pronto a enfrentá-lo, Sudgi estava se lixando redondamente para as belas palavras. Com voracidade, ele despia Jezabel com o olhar. Entretanto, a jovem ocultava a sua feminilidade: comprimia o peito e se vestia como um guerreiro. O cabelo curto, os ombros alargados graças a algum artifício não impediam que o seu natural viesse à tona. A silhueta esbelta e graciosa não conseguia enganar um macho experiente.

Furiosa, debatendo-se, ela não aceitava que o pai a tivesse afastado. Acreditava-se mais hábil do que ele com a espada, porque era mais maleável e surpreendente.

Enquanto a continha com braço firme, Saul, o Chefe, entregava-se à tarefa de convencer o homem que os provocava:

— Dessa aliança divina, que nos dá asas, somente a terra ficou ausente. Fomos privados dela, em outros tempos, por povos bárbaros, que nos expulsaram e deportaram para o outro lado do Tigre e do Eufrates. Amaldiçoaram-nos e lançaram feitiços. Fomos espalhados entre a Assíria e a Babilônia, entre o Egito e a Pérsia. E para muito além, no que se refere a nós.

Interrompendo-se de súbito, ele gritou, encolerizado:

— Ora, pare de ficar olhando desse jeito para a minha filha, senão o parto em dois, do focinho aos bagos!

Sudgi limitou-se a sorrir. Por um instante, pareceu quase belo. Apresentando-se assim, aberto e franco, ele se assemelhava a Saul. Era o mesmo tipo de homem, reduzido em, pelo menos, meio metro: a expressão cortante, os olhos penetrantes. Em Sudgi, o falcão se sobrepunha à águia. Em Saul, a águia prevalecia sobre o falcão. Esse detalhe perturbou Jezabel, que imediatamente afastou de si a imagem. Apenas o envoltório podia dar aquela ilusão. Um, despossuído e cruel, vivendo sem destino, sem descanso, orgulhava-se de uma virilidade selvagem. O outro, o crente, o intelectual, dominava seus instintos.

O caçador recobrou o sorriso e se mostrou irônico:

— Suas ameaças são como a tempestade em dia de ventania. Ela passa e vai rebentar longe, em cima de qualquer poltrão. Seria melhor que aceitasse a minha proposta!

Deu dois passos em direção a Saul e exclamou:

— Dê-me sua filha, e lhe darei minhas terras!

Ao dizer isso, executando uma pirueta sobre si mesmo, designou-lhe os arredores:

— Preste atenção! Para onde quer que olhe, em qualquer direção, o meu domínio é tão vasto que seria necessário contar 20 horizontes para calcular o espaço que me pertence e que poderia tornar-se seu.

Desafiando Saul, ele brandiu o punhal e gritou:

— Pense bem, antes de tentar me matar...

Em guarda, Saul, o Chefe, replicou:

— Não tenho o que fazer com as suas terras e os seus horizontes. Seu espaço é muito comum. É como você, a sua cópia perfeita: terrenos baldios e áridos, onde só crescem espinhos e capim ordinário.

Ele alteou a voz:

— Minha terra não tem nada que se compare: é inigualável, em todo lugar, em qualquer aspecto. Ela dá leite e mel em abundância, trigo, aveia, centeio e alfafa. É atenciosa e generosa como uma mãe. E, no entanto, à sua volta, seus filhos sofrem e morrem. Mal nascem, são logo assassinados. Longe, os filhos choram por ela e a reclamam. Tal é o meu caso. Tal é a sorte comum desse povo à beira do esgotamento, que você pensa manter prisioneiro com a sua turma de camuflados.

Contrariado, o outro baixou a arma e respondeu:

— Suas palavras me irritam. Não forcei nem brutalizei. Pelo contrário, trouxemos alimento e conforto para você. Você crê que está prisioneiro, porém é nosso convidado. Roubei alguma coisa de você? Pilhei sua caravana, tomei seus bens, suas jóias?

Desembaraçando-se do braço de Saul, Jezabel afastou-se dele e se lançou para a frente:

— Não possuímos nem jóias nem bens. A viagem foi longa, e nos assaltaram tantas vezes que agora não temos nada, além da força de que meu pai lhe falou há pouco!

Sudgi deu vários passos em sua direção.

Com a espada apontada para seu coração, Jezabel o deteve categoricamente.

Ele lhe lançou um sorriso intencional e falou:

— Você é a mais rara de todas as jóias — é claro que um tanto empoeirada, mas, graças a minhas carícias, eu saberia devolver todo o brilho que lhe convém. Ofereça-se a mim, então, e farei de você a rainha das estepes!

Tomada de fúria, ela se tornou cortante:

— Seu desejo é absurdo; seu sonho, miserável. Jamais serei sua mulher. Tenho outras ambições para meu corpo muito diferentes desse seu corpo suarento, que se atreve a me cobiçar. Quanto ao espírito, não vamos nem falar! Com você, ninguém respira pelo nariz, mas sim pelo traseiro! Vai, afaste-se, senão vou machucá-lo!

Como Sudgi, mortificado, mostrava-se agressivo, num relâmpago ela ziguezagueou a lâmina sobre a sua roupa.

Rasgada, a camisa escorregou pelo corpo, deixando aparecer o sinal dos Manassés.

Estupefata, Jezabel deixou cair a espada. O mesmo estupor se apoderou das pessoas mais próximas.

Elias interrompeu seu relato, observando o Estrangeiro.

Desnorteado, sem esperar por semelhante reviravolta, ele interrogava o rabino com o olhar. Foi compreendido. Aliás, naquele estágio do Livro, o rabino intervinha sistematicamente. Ele disse:

— É tão clara a comparação, tão idêntica a situação, que vou me permitir, aqui — e todos hão de me compreender —, falar de alegoria. E mesmo de simbolismo alegórico. De fato, estes que acolhem o senhor aqui, nesta sinagoga do fim do mundo, foram, assim como Sudgi, judeus que ignoravam sê-lo. Estávamos sem fé nem lei. Sem Deus, nem Torah. *Sem memória, sem passado. Entregues a nós mesmos, no meio de outras tribos, a maior parte delas hostis.*

"A selva era o nosso domínio: uma floresta de podridão, na qual éramos guiados apenas pelo instinto da vida. Atacávamos todos que não se parecessem conosco. Decepávamos-lhes as cabeças. Comíamos seus corações e seus fígados. Não havia outra tribo que agisse ou pensasse de forma diversa. Era a lei da selva. Era nossa obrigação aniquilar e devorar o outro para nos apoderarmos da sua energia e dos seus poderes. Uma ilusão, um abominável ritual, mas, ainda assim, um ritual. E, pois, algo de humano.

"Caçadores impiedosos e implacáveis, éramos piores do que Sudgi e seus seguidores. Piores porque não tínhamos ligações, porque não tínhamos a menor lembrança de pertencermos ao povo judeu. Nem sequer nos restava o sinal dos Manassés em nosso ombro. Nem mesmo essas idéias de vingança e de justiça, que chicoteiam o sangue e forçam o espírito a tomar partido.

"E o senhor me perguntará: Há quanto tempo vivíamos assim, extraviados e abandonados à beira do nada? Desde quando, quererá saber, havíamos perdido o Livro, ele também devorado, dilacerado, devastado, destruído por feras e homens? Aniquilado pelas tempestades e pelas inundações? No que se refere ao Livro, não sabemos ao certo: provavelmente, desde 600 ou 700 anos. No que se

refere à nossa passagem pelo reino do inominável, ele remonta apenas a ontem e continua a nos atormentar a consciência. Mais precisamente, situa-se entre os séculos XVIII e XX. Nesse período, vivendo encerrados na selva da Birmânia, fomos, na verdade, cortadores de cabeças. Adorávamos os rios, o sol, sacrificávamos em cultos pagãos e bárbaros.

"Apenas dois séculos, simplesmente, nos separam de nossas relações chinesas. E esses 200 anos bastaram ao nada para nos apagar da raça dos humanos.

"Expulsos da China, onde prosperávamos há muitas décadas, tivemos de fugir em questão de dias sob a ameaça de um novo dominador.

"Foi brutal a partida. Confiscaram nossos objetos de culto, queimaram a Torah, *destruíram as nossas sinagogas."*

Por um curto instante o rabino se deteve, ajeitando as franjas do seu traje. Desculpou-se e prosseguiu:

— Por dever de retribuição à hospitalidade, na China, a maior parte dos nossos voltou-se para o confucionismo. É claro que ainda se respeitava o shabbat *e algumas festas mais importantes, e que, às escondidas, a nossa religião primitiva era a que seguíamos. Ou, pelo menos, o que havíamos conservado dela. Os mestiços, esses, nada mais entendiam da religião de nossos pais. Exibiam-se nas cerimônias locais, alguns até mesmo chegando a comer carne de porco, o animal preferido dos asiáticos. Tínhamos uma certa indulgência para com aqueles bastardos, os* mamzerim *da Bíblia. Mas os invasores não quiseram saber. Expulsaram-nos sem a menor consideração, proporcionando grande prazer aos Han, que viam neles o sinal da sua própria decadência. A pele amarelo-pálido, os olhos azuis, os narizes compridos, nada disso tinha direito de cidadania no Império do Meio. Os judeus eram tolerados, às vezes protegidos por algum senhor. Outras vezes, à morte deste, humilhados e perseguidos por algum outro. Foram muitos os* pogroms *na China. Assassinavam-se os agiotas, os alfaiates, os comerciantes. Era mais fácil isso do que regularizar as dívidas."*

O rabino perdeu-se um momento, respirando, e retomou a palavra:

— Longo e penoso foi o nosso êxodo chinês. Entre nós, alguns se espalharam por províncias longínquas, onde ninguém ainda havia se estabelecido.

Foram para o norte e para o leste, para Jilin. Para o sul e o oeste, para Sichuan e Yunnan. Outros atravessaram o Himalaia e chegaram ao Tibete.

"Prudentes, aonde quer que fossem ocultavam pertencerem ao judaísmo, exercendo seu ritual secretamente. Outros, como nós mesmos, refugiados na selva birmanesa, aos poucos foram perdendo a memória. Viram-se apagados e desprovidos de passado. Sem sequer um pensamento para o Eterno.

"Passadas algumas gerações, esquecemos quem éramos, de onde vínhamos. É preciso dizer que tribos disseminadas próximo do rio Irrawaddy encarregaram-se de ocupar o nosso espírito de outra maneira que com a palavra de Deus.

"Tivemos de lutar cada dia por nossa sobrevivência. Desta vez, não éramos perseguidos por sermos judeus, pois ninguém da região tinha ouvido falar do povo eleito. Perseguiam-nos porque éramos outros, estranhos, sobrenaturais. Porque nossa carne era delicada, com um sabor estrangeiro, como todas as comidas exóticas.

"Depois de perdermos cerca de 20 dos nossos, a maior parte capturados à noite, ou durante nossas saídas, ao encontrarmos suas ossadas e vermos suas cabeças presas ao cinturão do inimigo organizamos a resistência para não desaparecermos, uns após outros, dentro de estômagos infames.

"Por nossa vez, começamos a caçar e a decapitar gente. A mutilá-los e suspendê-los diante da porta das nossas cabanas. Que mezuzá mais esquisita, na verdade!*

"Passaram-se meses, anos. A floresta era de tal modo densa, tão raros eram os raios do sol entre as copas das árvores, que o obscurantismo tomou conta de nós. Como os outros, éramos agora useiros daquela lei da selva. Não se cortavam apenas as cabeças: perdíamos também as nossas.

"Passou-se ainda um século. Da nossa origem nada subsistia, nem traços aparentes, nem índices. Éramos puros selvagens, andando nus, ou quase nus, sempre emboscados, ou à espreita. E então um dia aconteceu o milagre: homens brancos subiram o rio. Eram diferentes de nós. Pensavam e falavam de uma outra forma. Alguns foram capturados por nós e devorados inteiramente crus. A camada de gordura, a delicadeza e o sabor da sua carne foram muito apreciados.

---

* *Mezuzá* — palavra hebraica para designar umbral. Trata-se de um pequeno rolo de pergaminho que contém duas passagens bíblicas manuscritas (*Shemá* e *Vehaiá*). A mezuzá deve ser afixada no umbral direito de cada dependência de um lar ou estabelecimento judaico. (N. E.)

"Mas logo eles retornaram mais numerosos, armados de fuzis e canhões. Sitiaram a floresta e dominaram os povos que a habitavam.

"Quando as tribos foram pacificadas, os homens brancos abandonaram os fuzis e retiraram o Livro de sua bagagem. Ensinaram-nos o cristianismo e nos batizaram. Ensinaram-nos a ler e a escrever, a não mais comer carne humana, a respeitar nossos vizinhos. Dali em diante, a Bíblia se tornou o livro da selva..."

O Estrangeiro perguntou:

— Os homens brancos seriam pastores ingleses?

— Sim.

O rabino olhou o Estrangeiro e acrescentou:

— O senhor conhece bem os ingleses, pois já os recebeu em sua terra, a Palestina. Quando ocupam um país, empregam todos os caminhos e todos os meios: seja a diplomacia, seja a traição. São excelentes em separar para melhor governar, e estão sempre dispostos a se aliar até ao diabo, enquanto ficam falando de Deus.

Ao que o Estrangeiro respondeu:

— Em nossa terra, a Palestina, os ingleses tiveram de se haver com numerosos Manassés engajados no Irgun e na Haganá**. Lutaram duramente. Quando um deles tombava, 10 outros chegavam e garantiam a troca.*

O rabino não pôde reprimir uma pergunta:

— O senhor mesmo já combateu os ingleses?

O Estrangeiro teve uma expressão nostálgica e disse:

— Nasci em 1951. O Estado de Israel tinha apenas três curtos anos.

Hesitou um breve instante e precisou:

— Meu batismo de fogo foi na Guerra dos Seis Dias. Estava com meu pai, quando ele plantou nossa bandeira nas muralhas da Jerusalém árabe.

O rabino examinou seu convidado: até ali extremamente econômico em confidências, ele agora parecia disposto a se revelar. Uma pergunta queimava-lhe

---

* *Irgun* — Classificado pelas autoridades britânicas como uma organização terrorista. O Irgun foi um grupo paramilitar sionista que operou no Mandato Britânico da Palestina, de 1931 a 1948. (N. E.)

** *Haganá* — Milícia judaica secreta que operou na Palestina durante o Mandato Britânico da Palestina, de 1931 a 1948. Em 1938, criou a "Organização para a imigração ilegal", que se transformou no principal órgão de imigração para Israel. (N. E.)

a garganta, porém não a fez. Seria o Estrangeiro, ele próprio, um manassé? Manassé e filho de manassé? Teria levado a vingança até o Sinai? Teria feito justiça no Golan contra os descendentes de Sargão e de Salmanasar? Teria retornado a Samaria? Havia se inclinado diante do túmulo de Saul, o Arquiteto, o primeiro dos Manassés? Teria avançado até Kalah, seguindo as pegadas de seu filho Saul, o Irredutível? Aquele herói havia levado o ódio e o rancor ao coração do império, arrastando oficiais e dignitários assírios no desmoronamento da torre que ele tinha construído.

Olhando fixamente para o Estrangeiro, o rabino arriscou:

— O senhor sabe que poderia ser um de nossos Saul?

O Estrangeiro demonstrou surpresa. Efetivamente, ele se chamava Saul, como todos os Manassés. Tinha tido o cuidado de mudar seu prenome, ao chegar a Aizawl. Estava ali como observador, não como amigo. Da sua opinião, do seu conselho, da sua convicção íntima dependia o retorno daquela comunidade para a Terra Prometida.

O rabino havia acertado. O israelense que ali se encontrava, na sua sinagoga, parecia-se estranhamente com os Saul descritos e reescritos pelo Livro, no decorrer de séculos, para constituir apenas um único personagem, investido de todas as qualidades e equipado com todas as audácias.

O Estrangeiro não gostou da comparação. Ele nada tinha de mítico. Era um homem de carne e osso, com seus defeitos e suas fraquezas: talvez um tanto sentimental demais, um tanto influenciável demais...

Sentindo-se observado e avaliado, bateu delicadamente com os dedos sobre o ombro do rabino e disse:

— Vim de muito longe para ouvir vocês, e não é bom que troquemos os papéis. Retomem, então, sua narrativa. Depois que tiverem narrado o Livro a mim, se ainda quiserem conhecer um pouco mais sobre a minha pessoa, muito bem, que assim seja: não vou furtar-me a isso.

Por sua vez, o rabino tamborilou os dedos sobre o ombro do Estrangeiro, fazendo um sinal para que Elias continuasse.

E Elias, que se havia impacientado desde que tinha sido interrompido no meio do capítulo, deu asas à sua verve.

✡

O livro de Elias

Não se sabe qual manassé teria tatuado Sudgi, e nem mesmo por que Sudgi marcava daquela forma os seus próprios filhos e irmãos. Até então, para aquele selvagem, o sinal não era mais que a marca do clã. Conferia-lhe autoridade sobre as demais tribos, como também sobre os nômades das estepes. Apanágio da aristocracia, nenhuma outra família, além da do senhor, podia reivindicar semelhante emblema. Assim, pode-se imaginar a surpresa do caçador quando os Manassés de Bucara, que ele mantinha prisioneiros, descobriram, eles também, o seu ombro esquerdo.

Jezabel agradeceu ao Eterno por ter favorecido semelhante encontro. Deixou de lado a espada e correspondeu à perturbação de Sudgi. Persuasiva, apaixonada, ela conseguiu encontrar as palavras para revelar-lhe sua prodigiosa origem. Eles eram do mesmo signo, do mesmo sangue. Dali em diante, nada mais restava senão ensinar os rudimentos do judaísmo àquele irmão perdido. E ele se mostrou tão bom aluno e tão à vontade com a sua nova religião, que começaram a lhe chegar alguns fragmentos de memória, alguns indícios referentes aos tempos passados. Não era um de seus antepassados, um tataravô, detentor de um prenome esquisito, algo como Yehudá ou Ejudhá, impronunciável na língua local? Os membros do clã ao qual se havia juntado tinham-no rebatizado como Hurdá, que soava bem melhor para pronunciar e ouvir.

Pesquisou-se, trabalharam-se as lembranças, interrogaram-se os anciãos. Com muito esforço, pôde-se finalmente situar aquele grande antepassado: tratava-se de um judeu de Bucara, que havia partido 100 anos antes, acompanhando um outro Saul carismático. O pequeno grupo contava chegar à Terra Prometida para avisar os tetrarcas de Judá e da Galiléia sobre o perigo parta. Infelizmente, durante a viagem, muitos foram exterminados por aqueles mesmos partas.

Horrivelmente ferido, o tataravô de Sudgi foi acolhido e cuidado pelos criadores de cavalos pertencentes ao clã. Isso, só para mostrar-lhes que aquelas estepes quirguizes viram peregrinos judeus passarem por elas, em todos os tempos.

Tendo partido da China ou da Ásia Central, muito poucos daqueles crentes chegaram até às muralhas de Jerusalém. Digamos que nada sabemos dos que tiveram mais sorte, pois nosso Livro não se refere a eles.

De fato, quanto mais se passam os séculos, mais se afasta o Livro de Israel. O Livro nos segue em nossas peregrinações asiáticas e pelo Himalaia. Às vezes ele retorna à fonte, com algum dos nossos que merece ser glorificado em suas páginas. Depois, logo parte novamente com os dispersos.

Elias retomou o fôlego e prosseguiu com ênfase:

E o Livro dos dispersos nos ensina muita coisa sobre Jezabel e seu pai. Não haviam eles juntado a si não só o clã dos sudgis, como também as tribos de montanheses e de nômades das estepes? Todos, informam-nos, viviam em harmonia, reagrupados em um reino judaico fundado sobre uma religião do *quase*. Coabitavam, então, toda espécie de crenças, com a bênção de *Elohim*. Como os mandamentos divinos haviam sido rearrumados, ou desviados do seu sentido, eles se arranjavam, bem ou mal, apenas com o Pentateuco. Tanto os de Bucara como os de Israel deverão esperar por mais 150 anos, até lhes serem explicadas as leis da *Torah* por meio da Mishná*. E esperarão ainda por mais dois séculos para que esta última lhes seja magistralmente comentada pelo Talmude babilônio.

Longe da Babilônia e de Israel, eles se viravam com a *Torah*. Viravam-se e até mesmo pelo avesso, interpretando os mandamentos segundo suas necessidades e seus motivos. E sabemos alguma coisa disso, por termos passado por lá não faz muito tempo. Mas que importa a ortodoxia quando a fé inventa os milagres e convida os homens a sempre buscarem o melhor?

Notavelmente bem organizado, dotado de um exército disciplinado, o reino judeu de Sudgi resistiu aos assaltos dos partas e conteve

* *Mishná* — Compilação da Lei Oral redigida por volta do ano 200, sob a supervisão de Judá HaNasi. (N. E.)

os bárbaros do Leste, sempre prontos a se precipitarem onde fosse mais verde a vegetação e mais brilhantes os tecidos.

Ainda por outro milagre, Saul e os seus haviam partido de Bucara trazendo o segredo da seda, e logo instalaram criatórios de bichos da seda e ateliês de tecelagem em locais secretos.

Levados à Pérsia por caravaneiros quirguizes ou afegãos, os tecidos chegavam, depois, a Roma e Atenas. E iam além mesmo da Europa Setentrional, onde príncipes russos e vikings eram seus apreciadores. Graças àquele florescente comércio, os Manassés do reino de Sudgi estabeleceram contatos com as comunidades judaicas da Babilônia e da Alexandria. Foi então que Saul percebeu todo o seu torpor e o seu erro. Que fazia ali, construindo um país efêmero, quando sua terra de origem era sangrada e incendiada? Para que fazer prosperar aquela região ingrata e enriquecer-se com os artesãos, quando o povo de Israel se curvava, naquele momento, sob o domínio romano? Mas o que é que se estava fazendo naquele mundo sem histórias, quando a História se escrevia na Judéia, onde se opunham apaixonadamente as seitas de iluminados?

Certamente, as notícias ainda não se espalhavam à velocidade da luz. Chegavam apenas ao ritmo das caravanas, ao passo dos camelos.

Provenientes de expedições lentas e distantes, em transportes mais leves e rápidos, notícias de importantes acontecimentos vieram perturbar os judeus do reino de Sudgi. Algumas, tidas como recentes, já pertenciam ao passado. Outras, mais atuais, eram dadas como antigas: não havia o invasor romano crucificado Yehudá, um influente profeta que distribuía boas palavras e prodígios incontáveis? Se a boa palavra se dirige aos pobres, ela é forçosamente ruim para os ricos. Boa para o oprimido, ela se volta contra o opressor. Mas quem seria, então, aquele rei dos judeus, morto nos anos 30, e que passados mais 30 anos era ainda reclamado? Sua palavra, sua visão do mundo faziam arder todo o Oriente Médio e estendiam-se até à bacia mediterrânea. E muito além daquele mundo, até às montanhas da Abissínia e às vastas planícies do Ganges.

Estaria ele ainda na Terra, envolto em seu sudário? Já estava no Céu, ou havia ressuscitado entre os homens? Mercadores de volta do Punjab afirmavam ter cruzado com ele às margens do rio Indu. Sentado sob um estandarte monumental, ele multiplicava suas sombras até o infinito, apaziguando, em pleno dia, as queimaduras da terra. Os brâmanes de Benares o confirmavam: teriam visto Yehudá pregar à margem do rio e devolver a vida aos mortos.

Outros rumores inquietavam ainda mais Saul e Jezabel. Pois não insinuavam que o povo de Israel estava perdendo a fé? Não se comentava isso, com a maior perplexidade, em dezenas de pequenos grupos? Uns, declarando-o à plena luz do dia; outros, às escondidas. Outros, ainda, preparavam a revolta bem debaixo do nariz do inimigo. Alguns, tomados por uma forte corrente messiânica, anunciavam o prelúdio a uma espécie de revolução social, voltada ao mesmo tempo contra o invasor e contra a oligarquia dos sacerdotes. Ainda outros, fervorosos, ardentes, devotos, aprontavam-se para a guerra santa, assim como se praticava a idolatria. Dizia-se que esses obstinados esperavam a salvação pelo próprio martírio e que encaravam, por fim, seu suicídio coletivo como uma vitória sobre o adversário.

Todos esses ecos e rumores provenientes de Jerusalém não poderiam deixar Saul e sua filha insensíveis. E esta acabava, justamente, de completar 28 anos, quando estourou a revolta judaica na Galiléia. O levante estendeu-se como um rastilho de petróleo: os ataques de surpresa, os comandos, as guerrilhas, as lutas corpo a corpo sucediam-se sob a incitação do zelota Gush Halav, um manassé do interior.

Surpresos a princípio, os romanos não demoraram a reagir. Deslocaram três legiões, cerca de 60 mil homens acantonados na Iduméia, e subjugaram duramente a revolta, em nome da pacificação.

Todos esses episódios de guerra e esses sacrifícios trouxeram, a um tempo, a exaltação e a tristeza para os Manassés do reino de Sudgi. Começou, assim, um debate de idéias e opiniões entre os partidários de uma ação a favor de Israel e os defensores do "cada um por si".

Cansados das discussões, que se eternizavam, Saul e sua filha puseram-se a caminho, à frente de um pequeno exército composto dos jovens mais ardorosos. Em sua companhia vinham Sudgi e os guerreiros de seu clã: cerca de 100 homens determinados a se baterem pela causa de Israel.

Excitados com a idéia de entrarem em Jerusalém, avançaram rapidamente pelos desertos persas, onde ninguém os esperava. Sob a proteção de *Elohim*, eles se acreditavam invencíveis e já se podiam ver penetrando, o coração batendo forte, o templo dos templos.

Já diante de Edessa e da Antióquia a coisa se modificou, pois tiveram de guerrear contra forças 100 vezes superiores às suas. No pior dos combates, cada um compreendeu em seu íntimo que ninguém poderia merecer o santuário de *Elohim* apenas por cantar os seus louvores, mas que deveriam pagar o preço do sacrifício.

Elias esboçou um leve sorriso, algo que mais parecia um pedido de desculpas, e prosseguiu com tristeza:

Deveria eu contar-lhes a nossa derrota, as nossas centenas de mortos, as carroças abandonadas, as riquezas pilhadas? Deveria eu enumerar aqui, uma a uma, todas as desgraças sofridas pelos nossos, todos os suplícios físicos e morais, as esperanças perdidas, a fuga das ilusões para sempre? Apenas um pequeno grupo se apresentou diante das muralhas de Jerusalém, ao final da viagem. Vindos de tão longe para se baterem com os romanos, agora estavam tão descarnados, tão fracos, que algumas vezes chegavam a lhes dar esmolas. Tomavam-nos por místicos, extraviados de alguma seita. Um momento pensavam tratar-se dos seguidores de Yehudá, o Nazareno, por seu pensamento e filosofia; outro, pelo contrário, supunham que fossem extremistas, ou fundamentalistas, guardiães das mais sagradas tradições. Viam-se neles pacifistas, ou iluminados, mendigos ou profetas. Aparentemente, eram pessoas como existiam muitas na época: nômades, absolutistas, fanáticos pela verdade, gente procurando a pureza, errantes em busca de um sentido para a vida. Aparentemente, eram como todo mundo, compostos de uns e de outros. Mas no fundo de si mesmos, sob as vestes esfarrapadas e seu ar de miseráveis, sentiam-se como que construindo um único bloco, um único contorno. Eram combatentes, justiceiros. De uma hora para outra, deixariam que a vingança falasse...

Elias interrompeu-se por alguns segundos. Talvez tivesse necessidade de tomar um segundo fôlego. Talvez percebesse que sua narrativa carecia de ação.

Procurou a confirmação nos olhos do Estrangeiro. Nada vendo neles de reprovação, prosseguiu:

Eu disse que eles não passavam de um pequeno grupo pelo qual ninguém teria apostado um *shekel*, tanto que pareciam esgotados. Falemos, antes, de uma dezena de carcaças, quase que só esqueletos. Além de Saul e de Jezabel, sobreviventes indispensáveis a todas essas epopéias, vinham Sudgi e dois de seus irmãos. Todos os outros, os notáveis, os tecelões da seda, a tropa que seguia a pé, os cavaleiros, a intendência, as carroças, as riquezas, tudo se havia perdido pelo caminho. Uns, para sempre adormecidos na terra estrangeira. Outros, tendo feito meia-volta ou ficado pelo caminho. Outros ainda, mutilados, arrastando-se pelos caminhos ou no fundo das ravinas. E também os escravizados e os aprisionados, servindo ao persa ou ao grego, ao parta ou ao egípcio.

Daquela tropa que quatro meses antes havia partido de seu reino ilusório, só restavam Saul e Jezabel — os chefes espirituais —, Sudgi e mais dois de seus irmãos de clã. O Livro é impiedoso com os pequenos, pois só conserva o registro dos grandes.

Por enquanto, acampavam a algumas léguas de Jerusalém, numa necrópole onde túmulos de senhores gregos e de reis judeus se misturavam, lado a lado, confusamente. Dizia-se que João Hircano estava enterrado ali, e com ele toda a dinastia dos asmoneus: Jônatas Simão, Aristóbulo e Alexandre Janeu.

Pela primeira vez Saul e Jezabel, os de Bucara e os de Sudgi, chegavam tão próximos ao Templo. Tinham-no visto de longe, a quilômetros de distância. Cintilava, então, o exagero luxuriante de ouro e prata que adornava portais e capitéis. O brilho do mármore e do ouro expedia uma luz ofuscante. Dardejavam sobre o viajante raios de uma tal intensidade, que se podia crer que partissem de um outro sol.

O templo de Herodes estendia-se por toda a superfície da colina. Duas vezes mais vasto que o de Salomão, cujas ruínas ele englobava, ligava-se à cidade alta por meio de pórticos e de viadutos. Reforçado por enormes muros de sustentação, oferecia uma visão estonteante, incitando imediatamente à humildade.

Sobre a esplanada que contornava o santuário erguiam-se as colunatas, centenas de pilares coríntios com mais de 10 metros de altura, e de tal espessura, que três homens de mãos dadas mal podiam contorná-los.

De um modo geral reinava, naquele lugar, uma efervescência única no mundo. Milhares de sacerdotes, levitas, escribas ali trabalhavam. Os sacerdotes ocupavam-se dos rituais, das cerimônias; os levitas compunham os corais, eram músicos, arquitetos ou serviçais.

Em tempos de festas, contavam-se, às vezes, de 100 a 150 mil peregrinos vindos de Israel e das mais longínquas diásporas. Agora, infelizmente, nesses dias de revolta, apenas se podiam ver legiões romanas armadas, patrulhando a esplanada deserta. Ouviam-se também, partindo do fundo das ravinas e das grutas, o tilintar das espadas, e os gritos de ordens. Podiam-se adivinhar os horrores dos combates desiguais, pois aquela insurreição tão mortífera para os invasores, no início, tornava-se esmagadora para as forças judaicas, abaladas e desorganizadas.

Era impossível moverem-se por enquanto, e Saul ficava desolado por isso, forçado, como os demais, a se manter no esconderijo.

Uma rede de subterrâneos labirínticos corria por debaixo das sepulturas, onde uma verdadeira multidão de miseráveis e de obstinados se escondia dos romanos. Toda espécie de gentalha: batedores de bolsa, ladrões de almas; mas, também, iluminados e sábios, anunciadores de oráculos, mestres do destino, resistentes, prisioneiros evadidos, adeptos de Yehudá, cristãos primitivos destinados ao martírio. Também se abrigavam ali profetas, retornando de um algum sermão provocador, órfãos em busca de mães, mães em busca de seus filhos, todo um mundo de perseguidos e revoltados, do qual não estavam excluídos os traidores e os espiões.

Os nossos se destacavam na multidão. Além dos dois irmãos de clã, frutos da união de hebreus e de quirguizes ostentando o seu judaísmo através de um físico de selvagens esfarrapados, Saul, sobretudo, era notado por seu tamanho impressionante, e Sudgi, por seu rosto de falcão e seus olhos cruéis. A dar-lhe ouvidos, ele haveria de empalá-los como fazia com as codornizes no espeto, para assar. Sua magreza, seu olhar louco, faziam-no parecer mais perigoso do que realmente era. Na verdade, Sudgi preocupava-se exclusivamente com Jezabel. Ela era a sua Israel, a sua religião; numa palavra: o seu Deus.

Agora, os dois já se conheciam há uma década. Ele a quisera para si, chegando a fazê-la refém, mas a cativa — como podemos lembrar — defendeu sua virtude a golpes de espada. E quando, subitamente, surgiu o sinal secreto sob a camisa rasgada do caçador, ela não se deixou tomar pelo pasmo. Não era seu gênero. Por mais inesperada e feliz que fosse a descoberta daquele irmão bastardo que trazia a tatuagem dos Manassés, isso em nada modificou sua opinião sobre os homens. Aos 17 anos, nenhum homem havia se aproximado dela, nem mesmo como amigo. Para ela, valoroso, honesto, confiável, valente, excepcional existia apenas um: seu pai. Era através dele que ela enxergava o mundo, procurando sempre assemelhar-se a ele e imitá-lo.

Lisonjeado, Saul a havia encorajado naquele caminho, pela falta de um filho homem. Educada como os rapazes, acabara por assumir destes a postura e a mentalidade, chegando mesmo a tratar com estupidez as moças e a desprezá-las.

Assim, aos 28 anos, Jezabel em quase nada se havia modificado. Os modos continuavam suaves, o braço era mais firme ainda, e o coração, um pouco mais endurecido. Ela havia resistido aos assédios de Sudgi, rejeitando-o cada vez para um pouco mais longe. Ele, no entanto, tentara de tudo: a força, a astúcia, os gritos, as súplicas, a desesperança.

Aquela resistência aos homens provocava muitos comentários. Falavam que ela era homossexual, devassa, que sentia atração pelo próprio sexo. Claro que ninguém jamais a havia surpreendido com atitudes suspeitas para com outra mulher. Tudo não passava de boatos, criados por pretendentes desprezados e feridos em seu amor próprio. Na verdade, Jezabel era consumida por estranhos sentimentos. E seu pai se inquietava com isso.

Aquele não era nem o momento de se preocupar com o estado de espírito de sua filha, e nem o lugar ideal para esse tipo de distração. Entretanto, no repouso forçado em que se encontrava, sem nada saber do destino que os aguardava, pediu que ela se acomodasse a seu lado, confiando-lhe o que se passava no íntimo.

— Veja bem, minha filha: se morrermos amanhã em combate, ninguém irá me suceder, e o ramo dos Manassés de Bucara se apagará por si próprio.

Percebendo onde ele queria chegar, Jezabel olhou para o pai sem complacência, o que não o impediu de ir diretamente ao assunto:

— Seria muito bom que você me desse um neto.

Ela exclamou:

— Um neto! Mas de que pai? Do primeiro que chegar, do último dos cretinos? Eu lhe peço, pai, não insista.

Ele não considerou a objeção e arriscou:

— Sudgi a ama. Ele também é manassé pelo lado do seu antepassado. Seria um bom marido.

Ela ficou chocada:

— Sudgi, sempre Sudgi! Mas eu não o amo, pai!

Curioso, ele perguntou:

— Mas então, a quem ama?

— Não sinto atração por homem nenhum, pai, mas não sofra com isso. O dia em que eu amar — se eu conseguir me livrar do modelo que me persegue — será pela vida inteira.

Saul não fez caso da alusão e disse:

— A vida, minha filha, a vida é agora! Vamos, Jezabel, o que seria da vida sem o amor? O que seria da terra sem a água? O que seria dos dias sem as noites?

Tomada pela raiva, ela replicou:

— O amor! O amor! Vamos, pai: será que temos a obrigação de amar um homem para podermos amar a vida? E onde fica Deus para você? E onde você coloca a natureza que nos cerca? Ela me encanta, me acalenta, me possui mais do que ninguém, exceto você! Ah, meu pai, se eu não me proibisse isso desde sempre por medo do seu ódio e da falta de respeito, seria a você que eu escolheria como companheiro. E você sabe disso!

— Por piedade, Jezabel, não blasfeme!

— Mas onde está a blasfêmia? Não tenho direito de preferir meu pai a qualquer outro homem?

— Não tem direito de ver em mim outra coisa que não o seu pai.

Com despeito, ela murmurou:

— E é essa a minha infelicidade, pois desde criança luto contra os meus sentimentos e as minhas emoções. É claro, nem sempre pude reprimir a atração que sinto por você. Cometi gestos excessivos. Roubei seus braços e seu olhar.

Saul tomou as mãos da filha entre as suas e a observou, com ar embaraçado. Ela forçava-o a mentir:

— Procuro compreender, mas não consigo. Olha: quando estou perto de você, sinto apenas ternura paternal, necessidade de protegê-la quando corre algum perigo; de pedir pela sua ajuda quando me assaltam a dúvida e a fraqueza. E aí está o meu erro. O de tê-la educado como um rapaz. Daí vem também a admiração que sinto por você, pois foi forjada segundo minha imagem e minhas aspirações. Agora, veja bem, sinto-me arrependido, pois me é insuportável ver-me objeto do amor de minha própria filha. É intolerável para mim vê-la declarar hoje, ontem, a sua dor e ter de sufocar a sua paixão hedionda. Vamos, Jezabel: imagine, antes, a punição que me será infligida pelo Eterno. Só a morte poderá redimir-me de ter inspirado semelhante inclinação em você.

Ao que Jezabel respondeu:

— Oh, pai, você se atormenta com o Eterno e pretende afastar a fúria Dele da minha pessoa. Mas que fiz eu de mal, pai? Em que pude ter ofendido *Elohim*? Vejamos, você conhece muito bem a vida para saber que o ser humano traz consigo uma parte tanto de bestialidade quanto de gênio, tanto de contradições e desvios, quanto de qualidades e correção. Em que falhei na moral e na religião, já que desde criancinha jamais deixei de tentar afastar de mim esse pensamento animal? Está bem, provoquei você várias vezes, comunicando-lhe a perturbação que me inspirava. Quantas vezes não lhe exibi a minha emoção, ao ponto de convidá-lo a compartilhá-la comigo! Mas onde é que está o erro? Uma filha não terá o direito de amar a seu pai de outra forma senão a convencional? Parece surpreso, mas nunca cessei de adverti-lo dessa afeição particular, que, sinceramente, parece descobrir somente hoje.

Persuasiva, tranqüilizadora, ela falou destacando bem cada palavra:

— Peço-lhe, meu pai: ajude-me, antes, a conseguir me libertar do seu encanto. Pare de ser sempre o melhor e o mais belo. Só assim será mais fácil para mim amar algum outro, mais fácil aceitá-lo.

Saul suspirou. Depois da morte de Sara, ele havia educado a filha na veneração daquela mãe, que ela não havia conhecido.

Capturada pelos partas pouco depois do nascimento de Jezabel, ela havia sido violada por um oficial, depois jogada junto com outras jovens numa carroça que acompanhava o exército, para satisfazer o prazer sexual dos soldados.

Morrer — Saul agora pensava a esse respeito. Não seria a salvação de sua filha? Não estava ela lhe pedindo para se anular, a fim de poder desabrochar? Haveria solução melhor que a de desaparecer para sempre?

E Saul, o grande Saul de Bucara, não imaginava estar pensando tão corretamente.

Mal caíra a noite sobre Jerusalém, e o céu, de repente, se iluminou. Subiram então, do Templo e das muralhas, clamores terríveis, que pareciam ainda mais excitar as chamas e ativar as monstruosas volutas de fumaça negra. Dir-se-ia um grito lançado pela cidade inteira, um chamado por socorro emitido por todas as gargantas, um sopro indignado, exalado em uníssono por milhares de pulmões.

Saindo dos túmulos, atropelando-se em todos os sentidos, o povo da necrópole se apressava para apreciar o incêndio.

E, de repente, alguém gritou:

— É Tito que está incendiando o Templo!

A notícia deixou enregelada a multidão. Como ousavam atacar a casa de Deus e provocar *Elohim* daquela forma?

Petrificada diante do sacrilégio, a massa permaneceu um tempo muda e imobilizada. Depois, Jezabel varou o silêncio:

— Morte a Tito! Morte à Décima Legião!

Imediatamente os amotinados, os mendigos e os profetas precipitaram-se em direção à cidade, gritando:

— Morte a Tito, morte aos romanos!

Como um funesto presságio, e como se habitadas por estranhas sombras, as muralhas lançavam reflexos rubros de fogaréu e sangue.

De fato, do outro lado das muralhas intransponíveis e hermeticamente vedadas, religiosos e amotinados estavam sendo lançados ao fogo.

Não contentes de avivarem o incêndio do Templo, lançando às chamas aqueles que o defendiam, os legionários demoliam as colunas e os capitéis com golpes de aríetes. Outros pilhavam sem interrupção os destroços de ouro e de prata, as migalhas do fabuloso tesouro roubado pouco antes pelo *Imperator*. Ele, em pessoa, havia penetrado o santuário dos santuários, acompanhado pelos melhores ourives romanos, especializados em pedras preciosas e metais raros. Como aqueles se extasiassem a ponto de não conseguirem verdadeiramente avaliar todo o butim, Tito encheu com o mesmo uma carroça inteira, especialmente adaptada para isso, e retornou ao palácio. Nesse meio-tempo, avisadas do hediondo crime, centenas de pessoas, vindas de todas as partes, precipitaram-se sobre o destacamento e se apossaram da carroça cheia dos donativos e das riquezas oferecidas ao Eterno pelos peregrinos.

Avisado do roubo, Tito lançou suas tropas pela cidade inteira. Todas as vielas foram vasculhadas, todas as casas inspecionadas, e um grande número de insurgentes, torturado e massacrado.

Ninguém sabia onde tinha ido parar a carroça de Tito. Dizia-se que ela havia desaparecido num esconderijo secreto, cavado desde longa data pelos grandes sacerdotes. Dizia-se que *Elohim* em pessoa havia intervindo — Ele, o único, o indivisível. Com apenas um sopro, varreu os ladrões. Diziam também que um grupo de cristãos, ligados à seita de Yehudá, se havia interposto, por caridade, entre os legionários de Tito e seus irmãos da religião primitiva. Nenhum deles teria sobrevivido. Contra a espada e os porretes, o punhal e as lanças, haviam oferecido suas faces e seu peito.

Dizia-se também, além disso, de boca a boca, que o próprio Tito é que havia fomentado o ataque à carroça, para assim poder reprimir com dureza a insurreição judaica e esvaziar Jerusalém de suas forças vivas. Muitas coisas foram faladas naquela noite. E em todas elas, como em todas aquelas noites, havia a verdade e a falsidade, pesadelos aos montes, boatos sem fim. E, aqui e ali, algumas luzes ilusórias.

Ilusão, também, para Saul e os seus. Acreditando que podiam transpor sem obstáculos as muralhas iluminadas pelo monstruoso incêndio, foram cair nas mãos de uma brigada da legião.

O oficial, um homem astuto e perverso, havia entreaberto propositalmente a porta. Seus esbirros esperavam atrás dela e iam neutralizando um a um todos que se esgueiravam por ali.

Ajudados por mercenários gregos oriundos de Cesaréia, os soldados romanos continham toda aquela turba que surgia da necrópole. Separavam os homens e as mulheres, as crianças e os adultos, e os amarravam juntos, por categoria e faixa de idade.

Quando quiseram atar Saul a Sudgi num grupo já amarrado, eles se rebelaram, semeando o pânico.

O oficial, convencido de estar diante dos maiores responsáveis pela rebelião, achou que eles eram importantes demais para serem lançados às chamas como simples miseráveis. Reunidos numa turma, espancaram-nos com o intuito de matá-los. Eles resistiriam até as últimas forças e depois caíram desmaiados sob os golpes. Dali em diante, estariam prontos para serem levados a Tito.

Debatendo-se como uma leoa, Jezabel os viu sucumbir. Ela se dirigiu a *Elohim*, suplicando-lhe que poupasse o pai. No mesmo instante, percebida por um outro oficial, foi arrastada da confusão e empurrada para dentro de um fosso, onde um oficial esperava possuí-la. Dirigindo um último olhar para aquele que ela mais prezava no mundo, enquanto o oficial lhe rasgava as vestes, Jezabel enfiou nele, em pleno ventre, uma lâmina que o deixou pregado à parede do fosso.

Com os rostos esmagados, as costelas afundadas, Saul e Sudgi entraram em Jerusalém mais mortos do que vivos. Arrastados pelos pés através dos becos, surrados durante todo o percurso, foram largados inconscientes diante do grande Tito, que havia trocado sua couraça por uma toga.

Do alto da sua soberba, ele olhava com desprezo aqueles dois farrapos, custando a crer que, como lhe havia sido informado, fossem os instigadores da revolta. Só pelo hábito, cobriu-lhes as costas de pontapés. Se o mais velho e maior emitiu algum gemido, o mais jovem, o cabeludo, não dava mais nenhum sinal de vida, conservando um ar feroz até na morte.

Seus olhos arregalados pareciam fixar impiedosamente o *procurator*. Este, constrangido, arrancou a capa de seu ajudante e a lançou sobre o rosto retorcido.

Jamais alguém tinha visto Tito impressionar-se tanto com um morto. E aquele gesto do governador, quer fosse de desprezo ou cólera, espantou Saul. Ele percebeu ali uma espécie de homenagem que o destino prestava àquele filho do vento, oriundo das estepes, aquele emérito caçador, aquele apaixonado rejeitado. Ele era marcado pelo sangue dos Manassés, o sangue do famoso Yehudá.

Entregando a alma em Jerusalém, o filho das estepes conseguiu realizar a sua *aliah**, com o que haveria de se impressionar o seu antepassado.

Morrer em Jerusalém, e por Jerusalém, não era esse o voto secreto de todo manassé no exílio? Desejo que animou, antigamente, todos aqueles jovens cavaleiros judeus engajados com Alexandre, o Grande, nas suas conquistas persas e indianas? Nessa epopéia em que o inominável avizinhou-se ao admirável, e que nós estivemos contando para você nesses dias que passaram?

Tomado pela emoção que sua própria narrativa despertava, Elias se deteve por alguns instantes. Com a voz rouca, pediu desculpas, depois retomou o fio, dirigindo-se ao Estrangeiro:

— O senhor compreende, sinto um fraco por Sudgi, pois todos nós aqui somos sudgis. Iremos todos, um dia, para Jerusalém, seja para viver ou para morrer lá. Sim, sinto um fraco por Sudgi, pois somos próximos, muito próximos dele, tanto pela distância como por sua bastardia. Entre Sudgi e nós, a diferença não passa de uma questão de físico. Nele, oculta pela máscara de um quirguiz, transparecia a aparência bíblica. Em nós, nada mais existe de hebreu. Entretanto, em nossas veias corre o sangue dos Saul de Bucara e dos Saul de Xi'an.

* Literalmente significando "subida", designa o movimento dos judeus em direção à terra de Israel. (N. E.)

"Assim como o senhor nos vê, hoje, o nosso físico é uma ilusão.

"Por muito tempo ele nos enganou e continua a desnortear muita gente. Na realidade, se os caprichos da natureza e da genética nos achinesaram, com poucas exceções permanecemos no caminho certo da História. Nosso Livro é testemunha disso. Ele nos dá como exemplo e consagra à nossa diáspora da Ásia a maior parte de seus capítulos."

Elias suspirou e enxugou a testa. Era melhor continuar evitando os acréscimos. Então, abandonou o presente e retomou o passado.

✡

O livro de Elias

Tito mandou que levantassem Saul.

Desfigurado, ensangüentado, o judeu sustentou o olhar do romano. O que se esperava dele? Por que não acabavam logo com aquilo?

O romano perguntou:

— Quem é você para me olhar de cima?

Saul continuou com ar de desprezo e respondeu:

— E você, quem é para me brutalizar desta forma?

O oficial que o havia capturado e levado até Tito não gostou da insolência do prisioneiro e agrediu-o.

Desmaiado, Saul caiu de costas. Os soldados puseram-no em pé novamente e o sustentaram. Um outro, segurando-o pelo ombro, arrancou sem querer o que ainda lhe restava da camisa. Vendo o sinal, Tito franziu as sobrancelhas e adiantou-se para tocá-lo. Seu dedo percorreu lentamente a cicatriz. Ele não se enganava. Tratava-se mesmo das iniciais aramaicas das palavras "Justiça e Vingança".

O romano empalideceu. Vivia na Palestina há pouco tempo, porém o bastante para saber que os Manassés eram os seus piores detratores, aterrorizando os sucessivos ocupantes da nação judia. Por mais longe que se recuasse, e se bem que por muito tempo tivesse permanecido em segredo, o sinal, quando colocado sobre a casa de um colaborador, era sinônimo de execução iminente. Gravado na carne, simbolizava o braço armado de Israel. Tito havia aprendido isso às suas próprias custas: os macabeus de antigamente, assim como os insurretos Simon Bar Ghiora e João de Giscala, que ele combatia atualmente, realizavam proezas incríveis, levando o terror ao coração do exército romano.

Marcado por aquelas letras tão ameaçadoras, o gigante, que no entanto dobrava-se de dor, ganhou uma importância considerável aos olhos de Tito: ali se encontrava uma bela presa, e parabenizou o seu oficial.

Era melhor poupar o prisioneiro e começar com delicadeza. O *procurator* mandou que trouxessem uma cadeira e uma bebida.

Um pouco revigorado, Saul apontou para o cadáver de Sudgi e tirou a palavra de Tito:

— Esse homem é meu irmão. Fez uma longa viagem e merece uma sepultura adequada.

Tito não disfarçou a sua indignação. Do alto dos seus 29 anos, exclamou:

— Pouco me importa a sorte desse terrorista! Aqui, escute bem, sou eu quem faz perguntas. E quando chegar a hora de me ensinar algum detalhe sobre esse chacal, eu o avisarei enfiando o seu nariz no chão!

A expressão de Tito foi acolhida com risos. Ele mesmo, com um sorriso de satisfação, recuou, muito ereto, no trono do grande sacerdote, todo em ouro e madeira de lei. Por mera bravata e para exibir a sua força, havia trazido o trono em suas costas.

Para Saul, aquela encenação não prenunciava nada de bom. Seus pensamentos iam agora para Jezabel. Gostaria de ter notícias da filha, de saber se estava viva, antes de desaparecer para sempre. Viva, Jezabel iria vingá-lo. Morta, era toda a linhagem dos Saul de Bucara que se extinguia. Ele não podia imaginar um infortúnio daqueles...

Dos becos ao redor partiam lamentos e gritos. Ouviam-se espadas se chocarem, o silvo agudo das flechas perdidas, os golpes surdos dos aríetes. Ressoava sobre o lajedo o passo pesado e sacudido dos legionários que atacavam por baixo. Também das barricadas partiam os encorajamentos enviados de uma paliçada a outra. Entretanto, ninguém mais tinha ilusões. Em todas as ruas os amotinados eram contidos e aniquilados. Agonizante, a fortaleza Antônia havia tombado. Os zelotas, comandados por Eleazar Ben Simon, que haviam tentado retomar a cidade alta e o Templo, batiam agora em retirada.

Atingida no coração, santuário destruído, Jerusalém entregava a alma numa última convulsão. Deixava-se morrer, sufocada pelas chamas, afogada em sangue.

Também rubro e espesso corria o sangue dos animais sacrificados nos dias anteriores. Torrentes escarlates escapavam pelas redes de tratamento e das cisternas rachadas. Aquela onda inundava a esplanada e se espalhava através das ruas, desprendendo um odor repugnante de carne putrefata.

As chamas, enrolando-se e lambendo as muralhas por onde subiam, engoliam gulosamente janelas e varandas. Nenhuma casa conservava mais os seus olhos. Não restavam senão paredes cegas e maculadas. Quanto ao povo, massa silenciosa e ferida, era reagrupado nos estádios, em vista de uma próxima partida para Roma. Era assim que agia o ocupante: esvaziava a cidade dos seus habitantes, substituindo-os por indivíduos ganhos à sua causa.

Diante de Tito, Saul juntou o que lhe restava de forças. Até ali ele havia decidido morrer dignamente. Desta vez, tomado por outra pessoa, compreendia o encarniçamento do romano. Em seu foro interior, hesitava: devia esclarecê-lo, dizer-lhe que nada tinha a ver com o levante de Jerusalém? Ou, pelo contrário, devia reivindicar para si a insurreição e terminar na pele de um mártir? Para um Saul de Bucara, este fim parecia belo.

Tito não lhe deixou tempo para refletir. Insistiu:

— Pare de brincar de gato e rato e escute o meu conselho: se tem o poder, como acho que tem, de pôr fim à revolta, faça isso logo. Em troca, pouparei aqueles desgarrados que ainda resistem!

Então, Saul se decidiu:

— Você me pede que entregue as armas e me promete clemência. Mas o que faz com os nossos mortos, senão insultar os seus despojos, lançando-os à fogueira? Que faz com as nossas convicções, a não ser tirar-nos toda a esperança, exterminando-nos?

Tito pareceu contrariado:

— Se compreendi bem, recusa o compromisso?

Saul replicou:

— Sim, recuso o compromisso.

— Prefere sacrificar seu povo?

— E você, os seus soldados? Sabe que eles caem aos milhares e que muitos estão desertando?

Fora de si, Tito ergueu o punho e o atingiu no rosto:

— Se é surdo à razão, talvez entenda melhor à força!

Limpando o sangue que escorria dos lábios rachados, Saul replicou:

— Nunca a razão de um é a razão do outro. Coloque-se no meu lugar e imagine que lhe faço a seguinte exigência: "Se pode colocar um fim à repressão contra os nossos resistentes, então faça-o agora e mantenha suas tropas no acampamento. Em troca, comprometo-me a não perseguir os seus legionários em sua retirada."

O grande Tito avaliou aquela resposta, que, embora valesse o seu peso em lógica, não levava em conta o essencial. Agarrou o judeu pelos cabelos e cuspiu-lhe no rosto:

— Essa sua demonstração me faz lembrar uma rosa no meio de um monte de esterco.

Saul o provocou:

— Quer dizer que sou a rosa?

Tito não gostou daquilo:

— Escute, se ainda tem amor por sua pele, que já está tão estragada, pare de destilar fel. Sua comparação pode parecer brilhante, mas é nula. Exige que eu ponha fim à repressão e que faça com que minhas tropas voltem para os acampamentos, em troca de não atacar os meus comboios. Só está esquecendo que sou eu o ocupante, e você, o ocupado. Parece ignorar o poder dos romanos e o seu desejo de expansão. Gostaria que eu acreditasse que Israel tem meios de nos empurrar para o mar. Com isso, vive o seu sonho de manassé. Ainda acredita viver nos tempos de David e de Salomão, enquanto está é sob o meu reino e a minha taça.

Bateu com brutalidade na cabeça do judeu e acrescentou:

— Já que põe luto pela paz e se coloca na posição de eterno inimigo, não adianta pensar que poderia fornecer-me algum indício do que se passou com a minha carroça.

Saul se perguntava, com toda a sinceridade, de qual carroça se tratava. O seu silêncio desagradou a Tito. Com fúria, ele brandiu a sua adaga e exclamou:

— Dá prova de valentia, mas quando esta lâmina cortá-lo em pequenas fatias, e a sua ponta se enfiar em mil partes do seu corpo, veremos logo esse falastrão soltando o verbo.

Fingindo-se acalmar, curvou-se até a orelha do cativo e disse:

— Vamos, tenha ao menos piedade de si mesmo e revele-me o esconderijo!

Saul, o Chefe, por sua vez, curvou-se até a orelha de Tito e murmurou:

— Achei que era mais sutil. Como pode pensar que um chefe da minha estirpe iria morder a isca e trair os seus?

Um sorriso iluminou o seu rosto inchado. Esperando pelo pior, Saul louvou o Eterno, tirando Dele coragem suficiente para enfrentar a inevitável tortura.

Enganava-se. Tito já tinha visto muita gente esquartejada e crucificada permanecer muda sob tortura, para não apostar na confissão do manassé. Essa gente era da pior espécie, dura de cozinhar, impossível de digerir!

Tanto pela formalidade, quanto para impressioná-lo, ele se voltou para os seus ajudantes, blefando:

— Levem esse cão daqui e preparem-no. Eu mesmo me encarregarei do suplício.

Saul preparou-se para sofrer a sentença. Pouco lhe importava que o torturassem pela roda, pelo apedrejamento, pela empalação ou pela cruz. A proximidade da morte irradiava-lhe, curiosamente, um sentimento divino. Melhor ainda: ele quase atingia a felicidade, o êxtase. Finalmente, eis que um Saul da diáspora, um manassé do exterior, ia pagar por um Saul do interior. Ele bem devia isso àqueles que haviam semeado a revolta, levando-a contra o opressor. Até então, os Saul de Bucara só se haviam relacionado com senhores locais, fossem eles chineses, quirguizes, mongóis ou partas. Os Saul de Bucara não tinham feito outra coisa senão defender seus bens nas terras de outros, e se defender dos outros quando estes queriam os seus bens e a sua vida.

Assim ia pensando Saul de Bucara, enquanto o arrastavam para uma sala escura, recendendo a sangue e a excrementos. Ao seu redor, apenas o arquejar de supliciados e as barbáries e a vulgaridade cometidas pelos carrascos. Ali, só os dementes poderiam se acomodar aos horrores. O ar de naturalidade que exibiam, aquela aparente indiferença, inocentava-os de seus crimes. Eram trabalhadores como todo mundo. Obedeciam a ordens e não se embaraçavam diante de quaisquer estados d'alma.

Depois de preparar a sua encenação, colocando um avental de couro, Tito fez a sua entrada. Estava com um cisel na mão, e mais um amputador de artelhos, um amputador de dedos e um pequeno sabre, com os quais sabia como fazer até os mudos falarem. Debaixo do outro braço, trazia a estaca, uma enorme lança para ser enfiada pelo ânus e fazer qualquer boca se abrir.

No momento em que ia arregaçando as mangas, chegou um emissário todo esbaforido, anunciando a boa notícia: haviam recuperado o tesouro do Templo com os fanáticos, tendo decapitado 50 dentre eles.

A essas palavras, uma multidão sanguinária, às gargalhadas, se despejou pela gruta, brandindo maças recém-cortadas.

Tito soltou o prisioneiro e o pôs de pé:

— Reconhece aí algum filho seu, algum irmão, entre esses rostos retorcidos?

Saul dirigiu seu olhar ao grupo sanguinolento. Percorreu vagarosamente o horrível espetáculo, temendo descobrir ali no meio o rosto de Jezabel. Tranqüilizado, agradeceu de novo ao Eterno; depois, voltando-se para o *Imperator*, disse:

— Suplico-lhe, livre-me deste mundo dos vivos. Tome minha cabeça, abra meu ventre, faça o que quiser do meu corpo. Mas faça-o logo!

Tito se espantou.

— Sentiria algum prazer em morrer pelas minhas mãos?

Saul replicou:

— Morrer pelas suas mãos pouco me importa. Morrer por Israel sim, seria o máximo para mim!

Com raiva, o romano endureceu a expressão:

— Espera morrer por Israel, pois bem, engana-se. Saiba que não tenho nenhuma vontade de lhe dar tal satisfação. Muito pelo contrário, porque, de agora em diante, irá acabar os seus dias na jaula...

Saul sentiu-se traído. Desejava o fim, ofereciam-lhe o perdão. Pior ainda, condenavam-no a uma agonia inglória.

Era muito além do que poderia suportar.

Vendo Tito sorrir, lançou-se sobre ele, tentando estrangulá-lo.

Apenas surpreso, o romano se desviou e empurrou o judeu.

Às vezes, pior do que a cólera é a indiferença. Com voz neutra, de tom aveludado, ele disse:

— Não se inquiete. A morte não quer você, ainda não merece a sua carícia.

Depois, dirigindo-se a um dos carrascos, ordenou:

— Está vendo esse sinal no ombro do judeu? Muito bem: pegue o cisel e corte tudo isso fora, para mim, no mais fundo da carne, até que esse maldito símbolo se apague...

Enquanto Saul, o Chefe, se agachava na cela, deixando que, apesar de tudo, a horrível chaga cicatrizasse, Jezabel não abandonava suas buscas.

Tendo conseguido fugir da fossa onde jazia morto o oficial, dirigiu-se para a vila, vestida como homem. Às vezes ela se fingia de palhaço, outras vezes, de doente mental. Não havia outra alternativa senão a de se fazer passar por um brincalhão ou um idiota. Não havia outro meio de evitar a prisão e a deportação. Por já ter praticado certa vez esse tipo de trapaça, Jezabel sabia que, mesmo o pior dos brutos, o mais impiedoso dos assassinos, costumava poupar os histriões e os retardados.

Aproveitando-se daquela imunidade, Jezabel, que todos tomavam por um jovem desequilibrado, percorria assim, livremente, feito um saltimbanco, um bufão ou um sonhador, todos os postos romanos. Ela escutava o que diziam, informava-se, divertia a soldadesca e os poucos comerciantes que, por necessidade, haviam aberto as suas barracas.

Ainda se via muita luta árdua nas florestas e nas colinas da Judéia e da Galiléia, onde, de um dia para o outro, tomavam-se e se recuperavam posições estratégicas.

A notícia da tomada de Massada pelos zelotas, e a chacina da guarnição romana que ocupava a cidadela, teve o efeito de mil rojões, deixando inquietos os romanos e exaltando os judeus. Foi um rude golpe para o governador da província, e o impacto das bolas de fogo se fez sentir até Roma. No mundo judeu do oriente e das diásporas, os zelotas começaram a ser temidos, ao mesmo tempo que eram admirados. Eles mantinham Massada havia três anos e simbolizavam altamente a resistência judia ao opressor greco-romano.

Irredutíveis, ortodoxos, justiceiros inigualáveis, Manassés na própria carne, os zelotas que permaneceram em Jerusalém apunhalavam qualquer judeu suspeito de se relacionar com o invasor. Reivindicavam para si o mais intransigente movimento messiânico. Os heróis de Massada deixavam Jezabel fascinada. Tinha planos de chegar à fortaleza assim que seu pai fosse encontrado. Mas ninguém, a não ser os que estavam se enfrentando ali, podia imaginar ainda a armadilha que se preparava e a tragédia que se seguiria.

Em Jerusalém, Tito triunfava. Pois não acabavam de lhe entregar, com os pés e as mãos amarrados, João de Giscala, que levava a insurreição a toda parte?

Depois de prender Eleazar Ben Simon e Simon Ben Ghiora, que dirigiam a revolta em torno do Templo, Tito precisava dar um exemplo. Torturou sem piedade Ben Ghiora e o enviou a Roma, onde foi executado no fórum, diante de uma assistência de romanos que gritavam: “Morte ao judeu!”.

Do cárcere, onde se deixava morrer, Saul podia ouvir os gritos do torturado. Por sua vez, ele amotinou um conjunto de prisioneiros que exigiam ver o *Imperator*. Tanto barulho fez que Tito acabou por ir até lá.

Tinto do sangue da sua vítima, recoberto por dejetos, ele entrou batendo nos presos mais belicosos e se deteve diante da cela de Saul.

De uma magreza espantosa, o grande esqueleto se curvava sobre as barras de ferro. Somente a voz ainda era forte.

Vendo que o romano se aproximava, ele exclamou:

— Peço-lhe, ó Tito, se alguém, de nós dois, deve pagar com a vida o preço da liberdade, poupe a de Simon e tome a minha, pois ele não fez senão me obedecer.

Com desprezo, Tito respondeu:

— Pare de mentir. Não passa de um pobre judeu da diáspora doente de heroísmo. Enganou-me uma primeira vez, fazendo-se passar por chefe guerreiro. Agora eu sei, por ter sob meu domínio os verdadeiros responsáveis, que você não poderia nem mesmo matar uma mosca sem machucar a mão!

Ferido em seu amor-próprio, Saul se conteve e retrucou:

— Muito bem, já que a seus olhos eu não valho mais que uma mosca, o que está esperando para soltar as minhas correntes?

Contrariando toda expectativa, Tito retorquiu:

— De fato, não costumo prender nem cães nem ratos. Eles, pelo menos, merecem existir. Mas, preste atenção! Quando estiver livre, será como um túmulo qualquer, sem epitáfio.

E acrescentou, abrindo a porta com um gesto de cólera:

— Nesta jaula o seu coração podia bater, o seu cérebro podia armar mil projetos. Fora daqui, estará para sempre manchado pela suspeita. Ao soltá-lo, faço de você um pária, um traidor. Ninguém mais irá acreditar na sua palavra, na sua história.

Empurrando Saul para fora, falou:

— Olhe para o seu ombro: está queimado até os ossos. Não incita nem à justiça nem à vingança. Como você, ele perdeu a memória. Eliminei a sua razão de ser. Ele não sabe mais o que é, de onde vem, para onde vai. Você, como manassé, já está fora de combate, fora da vida, fora do mundo dos que defendem a justiça. De agora em diante, no seu caminho, não encontrará senão opróbrio e desprezo.

Tendo recusado, desde o seu encarceramento, qualquer comida, Saul não conseguiu ir muito longe. Assim que foi acariciado pelo vento e cego pelo sol, desmoronou inconsciente.

Uma boa alma o reanimou, ajudando-o a caminhar até sua casa, onde já se hospedava uma dezena de outros pobres heróis. Uns recuperavam as forças, outros perdiam o pouco que ainda possuíam e terminavam extinguindo-se como cães e ratos.

O dono da casa, homem piedoso, acompanhava seus clientes em sua desgraça, para deixá-los, quase reconfortados, na fronteira do mundo do além. Mas será que se pode falar de “clientes”, quando o acesso àquela casa era gratuito para os mais desamparados e infelizes? Em troca, o proprietário pedia apenas que o deixassem ouvir as histórias de seus hóspedes. Ele era uma espécie de jornal das desgraças de Jerusalém. E todos os testemunhos relativos à cidade eram imediatamente transcritos. Dessa forma, Saul pôde se dar conta da justeza do que Tito dissera. Não só ninguém acreditou que ele fosse um manassé, como também foi acusado de ter apagado de seu ombro um sinal que, segundo os zelotas, designava os colaboradores dos romanos.

Ainda recente, a cicatriz de alguma forma acabara perdendo a memória. Ela contava mesmo uma outra história.

Saul, desesperado, sedento por se fazer compreender, teve de voltar no tempo e empreender a narrativa dos primeiros Manassés. Abrangeu, então, quase mil anos de tribulações, desde a queda de Samaria até à de Jerusalém. Passou por Khala, Babilônia, Susa, Mênfis, Elefantina, Bucara, Samarcanda, Xi'an, Kaifeng, sem esquecer os reinos de Povara, na Índia, e de Sudgi, na Sudgirguia.

Dessa vez, já generosamente alimentado e saciado, Saul não teve certeza de que tinha sido ouvido. Se alguns pensionistas pareciam convencidos, outros ainda mostravam desconfiança. Na verdade, todos queriam muito acreditar na saga dos Manassés através das diásporas do Oriente e do Extremo Oriente. Mas, por outro lado, parecia-lhes pouco provável que Tito pudesse soltar um justiceiro, enquanto mandava Simon Ben Ghiora para o massacre, depois de aniquilar heróis como Eleazar Ben Simon e João de Giscala, Manassés os três.

Não conseguindo se explicar pelas palavras ou pela razão, Saul se preparava para deixar a casa que o abrigava e, contra a vontade, ir para a dos suicidas, sobre um cume rochoso nas montanhas da cidade. Centenas de combatentes judeus, que defendiam aquela praça forte, se haviam precipitado no abismo poucos dias antes, para não se entregarem aos romanos.

Saul considerava uma abominação o suicídio, a não ser que se fosse constrangido a ele, como aqueles mártires subjugados pelo inimigo. Essa derrota de si mesmo, esse abandono dos valores vitais em troca da aventura das trevas chocava profundamente o seu lado religioso. Deus não colocou o homem no mundo para que ele resolvesse desaparecer antes da hora, ao sabor de alguma fantasia moral ou de um erro passageiro. Mas, o que são os mandamentos de Deus comparados à triste realidade? Um único exemplo bastaria para deixar o Criador embaraçado. Pois não ensinou Ele: "Não matarás e respeitarás o teu próximo"? Ora, deixando isso de lado, surdo a tudo, o homem não cessou de agredir e de matar o seu próximo. Os próprios judeus assassinaram-se e se estriparam uns aos outros, de tribo a tribo, de pai para filho, de irmão para irmão. O ciúme e a inveja não fizeram outra coisa senão provocar o ódio e o aniquilamento.

Assim pensava Saul, na soleira da casa de seu anfitrião. Nada nem ninguém, a partir daquele momento, o impediriam de realizar aquela última etapa. Havia desejado muito a morte, chegando mesmo a suplicar a Tito que lhe concedesse esse supremo favor. Tito, achando que aquele fim seria demasiadamente brando, não quis dar-lhe tal presente. Agora, Saul ia se habituando à idéia do suicídio. Dizia consigo mesmo: "O suicídio é como uma roupa nova que só se veste uma vez. Pouco importa que ela seja estreita, ou muito larga, o importante é que seja de bom feitio e no tecido da nossa escolha!". Saul escolheu como tecido o pico rochoso e, como feitio, o salto. Ele sabia, por ouvir dizer, que entre o momento em que a pessoa se lança no vazio e aquele em que o corpo se espatifa embaixo, toda a vida desfila em ritmo acelerado. Assim, esperava ter visões instantâneas de Jezabel. Talvez ela lhe aparecesse muitas vezes. Quando ainda era um bebê, ele a encontrara sob o pórtico casa. Logo se revelou que uma jovem vizinha era a sua mãe, que não quis receber a criança de volta. Saul e Sara interrogaram-na incansavelmente durante um dia inteiro. Ela se defendeu, diante de Deus e diante deles, afirmando não abrigar qualquer intenção ruim. Jurou ter amado o pai, mas se recusou a mencionar seu nome.

Nos dias que se seguiram, Saul e Sara voltaram à carga, não conseguindo obter mais que um prenome: era David o nome do pai. Ele teria sido feito prisioneiro dos partas durante algum tempo. Solto, ou evadido — a mãe da criança não o sabia exatamente —, conseguiu autorização para comerciar entre Samarcanda e Bucara. Demorando-se nesta última cidade, hospedou-se com os pais da jovem. Esta se deixou seduzir por ele em troca de um rolo de seda de uma delicadeza incomparável. Como prova, mostrou àquele casal que havia recolhido sua filha 20 metros de seda ainda intocada e que lhes deu de presente.

Depois de sentir entre os dedos o tecido, avaliando a sua excepcional qualidade, Saul soube quem era o pai da criança. Guardou o segredo consigo e inventou, para mais tarde, pensando em Jezabel, uma história que fosse possível de sustentar.

Por azar e crueldade da vida, Sara, a esposa de Saul, que vivia desolada com a sua própria esterilidade, foi seqüestrada alguns meses mais tarde por um comando parta em busca de mulheres judias.

Profundamente afetado pelo desaparecimento da mulher, Saul organizou sua vingança, infringindo uma desgraça igual a mais de 20 famílias dos partas, vítimas, por sua vez, dos comandos judeus.

Temendo que Jezabel tivesse um destino idêntico ao de Sara, ele a escondeu em casa de uma ama, perto de seu domicílio, onde foi criada tanto pelo seio quanto pela espada. Desde a idade de seis anos, a menina podia livrar-se sozinha de uma situação perigosa. Excelente amazona, famosa na lança assim como no sabre, sagaz nas lutas, sabendo-se esquivar dos golpes e fugir rapidamente, Jezabel nada tinha a invejar aos mais intrépidos rapazes.

✡✡✡

Já tão próximo à morada dos suicidas, mas ainda perto da casa de seu anfitrião, Saul, o infatigável colecionador de testemunhos, reprovava-se por ter omitido a verdade daquela que pertencia não ao seu sangue, mas ao seu coração. Igualmente, repetidas vezes também ele precisou reprimir sentimentos que julgava impuros e lutar contra o seu dilema. Durante a adolescência da filha, impôs a si próprio uma disciplina férrea, esforçando-se por permanecer cego ao encanto e à graça da jovem, ou, pelo menos, por não deixar nada transparecer do que sentia.

O desabrochar do jovem corpo, o perfume da pele justificaram sua insensibilidade aparente. Ele não soube esconder o seu terror, a não ser por uma excessiva severidade e o exercício abusivo das práticas marciais.

Instintiva, amorosa, carinhosa, Jezabel muitas vezes vinha se aninhar ao corpo daquele pai tão prodigioso e autoritário. Naqueles momentos de ternura natural, e que entretanto eram tão perturbadores, Saul enrijecia-se, numa espécie de frieza cheia de atenções, respondendo apenas com tapinhas no pescoço e nos ombros.

Mais tarde, já tendo se tornado mulher, subitamente a jovem lhe declarou o seu amor. Ele era o mais belo, o mais inteligente, o mais atraente de todos os homens. E ali também, em lugar de confessar-lhe que ambos não tinham o mesmo sangue e que não transgrediriam a lei mosaica caso dessem vazão às suas inclinações, ele fez todo o possível para empurrá-la para os braços de um outro homem. Apresentou-a aos melhores partidos da cidade, os mais ricos, os mais encantadores, os mais destros tanto no arco e na espada quanto na arte de seduzir. Mas não aconteceram senão fogos de palha, noivados só de papel, que ela dava um jeito de amarfanhar antes de estar, ela própria, dilacerada entre um estrangeiro sem atrativos e um pai tão fascinante.

Desde os primeiros sinais daquela afeição, que, apesar de tudo, ele não ousava qualificar de incestuosa, Saul se perguntava se não seria o caso de más línguas terem revelado o segredo, através dessa ou daquela boca maldosa. Mas logo teve de abandonar a idéia de uma inconfidência porque, ao que sabia, ninguém das suas relações jamais havia tido a menor dúvida sobre o nascimento legítimo de Jezabel. Quanto à vizinha, a mãe verdadeira, desposou um caravaneiro chinês convertido ao judaísmo e o seguiu para o outro lado das Montanhas Negras. Jamais foi vista novamente, nem em Bucara, nem em Samarcanda. Engolida pela multidão de amarelos, certamente teve muitos e muitos filhos...

Cansada daquelas apresentações masculinas, fatigada de tanto ouvir o pai reclamar-lhe um neto, quando ele nem era capaz de pôr um filho no mundo, Jezabel abandonou o convívio com aqueles rapazes. Isso não a impedia de ir lutar espada na companhia deles com os instigadores de algum recente *pogrom*, ou com grupos de salteadores que se apoderavam das mercadorias.

De volta de uma dessas incursões pelo mar de Aral, Jezabel trouxe uma jovem kharesmiana* de grande beleza, que transformou numa escrava para o prazer e numa confidente na dor.

Jezabel ia pelos 16 anos. A bela kharesmiana era um pouco mais velha. E Saul deixou para lá. Ninguém, senão ele, via e ouvia as intimidades a que se entregavam as duas jovens. Uma vez naquela casa, a cativa não mais saiu de lá.

De escrava da jovem, ela logo se tornou escrava do casal. Um jogo, inventado por Jezabel, que dessa forma se aproveitava às ocultas dos gestos e voluptuosidades que o pai lhe recusava. Ainda totalmente impregnada por Saul, a kharesmiana via-se logo reclamada por Jezabel, que, nos seus aposentos, deleitava-se por sua vez.

Vendo sorrir o Estrangeiro, Elias achou bom explicar que nada havia de licencioso naquelas páginas do Livro, e que mesmo a Bíblia fervilha de histórias muito mais picantes que aquela.

O Estrangeiro não se alterou. Esperava a continuação da história com curiosidade. Perguntava-se, apenas, de que modo Saul iria enfim encontrar Jezabel.

Elias retomou sua narração, economizando o suspense.

✡

* Lago de Kharesm é um outro nome para o mar de Aral, no Uzbequistão. (N. T.)

O livro de Elias

Seria falso dizer que Saul, vencido pelo remorso e pela moral, iria admitir sem pestanejar os caprichos da filha. Ligando-se cada vez mais à jovem kharesmiana, chegou o dia em que proibiu Jezabel de tratá-la de outra forma que não como madrasta. De fato, depois de havê-la convertido à religião judaica, Saul concedeu-lhe a liberdade e a desposou. Poder-se-ia crer que Jezabel se tomasse de cólera e abandonasse a casa paterna. Nada disso aconteceu. Ela aceitou o casamento e nunca mais disputou a kharesmiana, cujo prenome em nenhum momento é mencionado em nosso Livro.

Unido enfim ao Uzbek, diante da comunidade da qual ele era o principal dirigente, Saul de Bucara cessou com suas precauções e obstinou-se em ter um filho. Infelizmente, por mais que tentasse numerosas posições, tomasse conselho dos astrólogos e dos médicos, de feiticeiros e adivinhos, nenhum filho veio ao mundo, nem mesmo uma simples filha.

Sendo a kharesmiana sua quarta esposa, foi difícil para Saul admitir a própria esterilidade. Antes ele havia acusado Sara e suas esposas anteriores de infecundidade. Agora, sabia que só tinha a ver consigo mesmo e sofria de maneira atroz em sua vaidade e virilidade.

Dizer que Jezabel regalava-se com a infelicidade do pai seria exagerar. Digamos, antes, que ela se aproveitou disso para consolar Saul e levá-lo a se separar da kharesmiana. Esta, por sua vez, encontrou outro marido, muito mais velho que ela — um certo David, que não aparecia pelo país havia 17 ou 18 anos. Era um especialista em sedas, retornando de uma longa temporada na China. Ao vê-lo, o coração de Jezabel se pôs a bater mais rápido e mais forte que de costume. Quando comunicou a Saul aquele curioso sentimento, ele empalideceu, com medo que ela descobrisse o segredo de seu nascimento. E por muito pouco isso não aconteceu. E Saul, duas vezes magoado, deixou que sua mão percorresse livremente a curta cabeleira da filha. Naquele momento, também, o coração de Jezabel saltou, enquanto um estranho calor lhe invadia as faces.

✡✡✡

Inteiramente concentrado em seu povo, Saul não viu que se aproximava o perigo parta. Foi necessária a narração alarmante de rabinos itinerantes e a advertência de David, o comerciante de sedas — pai de Jezabel e segundo marido de sua quarta esposa —, para que ele levasse a sério a ameaça da invasão.

Saul não sentia o menor respeito por aquele antigo prisioneiro dos partas, que, equivocadamente, suspeitava fazer jogo duplo. Na verdade, ele não estava livre dos ciúmes. Pensava em alguma coisa pior do que enforcar aquele personagem, desejando desembaraçar-se dele o mais rápido possível. Talvez imaginasse que o comerciante de sedas tivesse algum indício sobre o nascimento de Jezabel. Fosse como fosse, Saul desconfiava tanto das alterações no coração da filha quanto das más intenções do intruso. Sabia que ela era bastante atrevida, bastante curiosa para começar uma história com aquele David, cuja idade não estava longe mesmo da dele.

Chegou o momento em que foi preciso abandonar a cidade, sob a pressão do inimigo, que deu 24 horas aos judeus para saírem. Saul conseguiu 48 horas, o que possibilitou carregar carroças e organizar uma escolta de porte suficiente para evitar as contrariedades da pilhagem.

E foi durante esse carregamento que o destino de Jezabel quase tomou outro rumo. Ao colocar uma pesada mala na carroça que lhe era reservada, a mala oscilou e caiu, abrindo-se. Espalharam-se por terra diversos objetos e, particularmente, aquele rolo de seda que David dera de presente à jovem vizinha em troca dos seus encantos — tecido que acabou indo parar nas mãos de Saul ao adotar o bebê. Ora, quis o acaso que, mal tendo caído ao chão, o rolo deslizasse até a carroça que o mesmo David, o comerciante de sedas, arrumava para si e sua esposa. David o apanhou. Quando estava a ponto de devolvê-lo a Jezabel, intrigou-se com a suavidade do tecido. No tempo de um clarão, reconheceu a seda que, 17 anos antes, oferecera à filha daquele que por uma noite havia sido o seu anfitrião.

Em outras circunstâncias, aquele incidente teria provocado muitas indagações. Mas o tempo pressionava, e o comerciante de sedas guardou suas perguntas para mais tarde. E quando o mais tarde chegou, ao atingirem o terceiro dia de êxodo, uma patrulha parta em missão exploradora atacou a retaguarda da coluna e flechou alguns judeus — caça sem muita importância, e nem ao menos comestível.

Ferido mortalmente, o comerciante de sedas David entregou a alma nos braços da kharesmiana. Dias mais tarde, após um novo ataque parta, ela morria.

As más línguas acusaram Saul de, conscientemente, ter deixado desprotegida a retaguarda do comboio. O Livro nada mais fala a esse respeito. Pode-se, entretanto, admitir ter havido certa negligência. De qualquer modo, a morte todos os dias ceifava pelo menos dois entre os caravaneiros. Contavam-se cinco mil ao partir, e apenas 500 quando chegaram ao reino de Sudgi. O Livro já narrou esse episódio.

Chegou, enfim, o momento tão esperado em que Saul, o esqueleto, Saul, o vacilante, Saul, o desesperado, dirigiu-se para o cume dos suicidas. Subitamente, uma voz arfante o chamou:

— Pai, pai! É você mesmo, ou não passa do fantasma de Saul?

Se a filha custou a reconhecer o pai, de tanto que ele havia perdido em sangue e carne, o pai custou ainda mais a reconhecer a filha, de tal modo estava ela fantasiada e coberta de quinquilharias.

Ele aguardou o hálito quente de Jezabel em seu pescoço e em seus lábios, antes de agradecer ao Eterno com a fórmula que é cara aos Manassés da diáspora: “Oh, Tu, único e indivisível, vejo, por esse gesto e esse milagre, que Tu jamais esqueces quem somos. E estamos em Ti, assim como Tu estás em nós, assim como estamos juntos, na dor e na alegria, para a glória de Israel.”

Mal acabava ele sua evocação, foi alcançado por seu anfitrião. Tomado de remorsos, este insistia em abrigá-lo de novo. Depois de ler seu testemunho, achara-o emocionante e autêntico.

Indicando Jezabel, suspensa ao pescoço do impressionante esqueleto, exclamou:

— Que Deus seja louvado, vejo que reencontrou sua filha!

Jezabel replicou vivamente:

— Não se engane, não sou sua filha, mas sua mulher!

O anfitrião manifestou surpresa. Olhou com ar de reprovação para Saul, dizendo:

— Pela narrativa que me deu, em nenhum momento fala de sua esposa. Em compensação, está se corroendo por dentro por Jezabel, sua filha.

Enfraquecido, diminuído, Saul não se sentia mais capaz de mentir. Estava chegando ao fim da vida e desejava esclarecer tudo. Disse:

— Eu o enganei, pois não tenho nenhuma filha. Esta, que eu amo com paixão, não tem o meu sangue.

Apertou Jezabel contra si e murmurou em seu ouvido:

— Um segredo cerca o seu nascimento e, se não me engano, parece que você o descobriu há muito tempo.

Ela se achegou um pouco mais a ele e respondeu:

— Ó, sim, pai, há muito tempo.

Em seguida, corrigindo-se, ela acrescentou:

— Perdoe-me, minha perturbação é tão forte que não sei mais como chamá-lo. Devo ainda dizer "pai", ou deveria eu dizer meu bem-amado, meu mestre, meu sol?

Contendo as lágrimas, ela confessou:

— Sempre pressenti que não éramos um como o outro, mas, sim, feitos um para o outro. A inclinação que me empurrava para você, desde a infância, assim como a que emanava de sua pessoa, e que eu lia em seus olhos, não se aparentava nem a sentimentos filiais, nem a sentimentos paternos, mas, antes, aos laços da paixão. Quantas vezes não me reprovei por amá-lo contra a vontade de Deus? Eu estava com a alma negra, o coração sujo pelos pensamentos baixos.

Abraçada ao pescoço do gigante, lançada em seus braços, ela se justificou:

— Quantas vezes, o peito ofertado às suas mãos, o ventre fremindo sob a sua cintura, não lutei, entre os sonhos do desejo e os pesadelos do pecado, contra aquela tendência de natureza ruim que me esforçava por dominar! E eu sabia que você também estava em meio a tormentos semelhantes, debatendo-se entre a emoção que sentia e a moral que reprovava.

✡✡✡

Elias se interrompeu. Desculpou-se pela ênfase e pelas metáforas. O Livro falava de maneira mais simples. O lirismo, as frases pomposas eram de sua escolha. Tomou um copo d'água e retomou:

Como todos sabem, os apaixonados e os moribundos são sempre os mesmos no mundo. Entregues às suas confissões e aos seus reencontros, Saul e Jezabel haviam esquecido o anfitrião da casa de caridade. Este, chocado por aqueles transbordamentos de ternura prodigalizados em plena rua, propôs que o casal fosse abrigar em casa os seus amores. Em troca, ele se contentaria em relatar livremente o seu desenrolar, nas crônicas intituladas *Os Sofrimentos de Jerusalém*.

Não se sabe se o anfitrião ficou escutando por trás da porta, e nem mesmo se ele reservava algum quarto para tal fim, na casa de caridade. Podemos adivinhar, entretanto, que Jezabel encontrou as palavras necessárias para demonstrar a Saul que impotência e esterilidade podiam tratar-se com a doçura das carícias e a força das persuasões. Se em pouco tempo se pôde ter certeza da virilidade reencontrada, foram necessários nove meses para se conhecer o resultado final. O Livro não pode ser mais claro. Ele nos garante a fertilidade de Saul de Bucara. De fato, ao chegarem a um terrível deserto iemenita, onde não crescia nada senão areia e escorpiões, cabaças e serpentes, Jezabel pôs no mundo o filho de Saul. Imediatamente ele recebeu o mesmo nome do pai e foi tatuado com as iniciais aramaicas, uma abreviação das palavras "Justiça e Vingança".

Mas não antecipemos, pois, entre aquele ato de amor — que forneceu 25 páginas de crônicas ao anfitrião — e o nascimento do filho, muitas coisas e muitos dramas marcaram o período e as pessoas.

Talvez seja bom dizer, aqui, o quanto Saul pôde desfrutar dos prazeres dos sentidos, apesar de todo o seu esgotamento e suas feridas. E mais ainda apreciou por saber que estava ali vivendo os seus últimos instantes, juntamente com os seus últimos instintos. De fato, por mais que dissesse que sua filha não era sua filha, por mais que se persuadisse, por mais que rememorasse como a havia encontrado diante de sua casa, certa manhã de outono, por mais que visse a felicidade de Sara inundar-lhe o rosto, por mais que lesse a aflição da jovem vizinha em seus olhos, ele não conseguia se desembaraçar da imoralidade da situação. Por um lado, a noção de incesto torturava-lhe o espírito; por outro, estranhamente, ela lhe proporcionava um abrasamento de todo o seu ser, uma embriaguez insensata, jamais sentida com qualquer outra mulher.

Talvez devêssemos levar em conta um outro elemento próprio a provocar o abrasamento e a embriaguez: não estaria Saul de Bucara fazendo amor, ao mesmo tempo que construía a própria morte? De fato, ele havia exigido que Jezabel o apunhalasse assim que se consumasse o ato. E ela, em sua loucura e impaciência, havia aceitado matar o pai. E ele seria duplamente morto, já que ela se desembaraçava do peso dele, como pai, ao mesmo tempo se tornaria sua amante e mulher.

O anfitrião da casa de caridade emprestou o punhal. Jornalista antes do tempo, também era romancista. Vivendo a História com H maiúsculo, aquele colecionador de tragédias não desprezava as pequenas misérias humanas. Se a história se faz e se conta de uma só vez — pois é sempre sangrenta, cortante e excessiva —, ela também se constrói pelo *fait divers*, por uma soma de detalhes em que as lágrimas e as desilusões disputam com o mesmo esperanças e ironias.

Dessa vez, o anfitrião da casa de caridade não media a amplitude do drama que se desenrolava sob seus olhos. Aquele judeu de Jerusalém, cidade que ainda ardia com os incêndios das casas e com as fogueiras, não captou as intenções suicidas de Saul. Da mesma forma, não percebeu as intenções mortíferas de Jezabel. Havia emprestado o punhal sem pensar que serviria a outros fins que não à ameaça ou à defesa. Havia abrigado tantas famílias em crise, tantos casais de comportamento estranho, tantos excitados e desregrados, que esse caso ele considerava como mais um entre muitos outros exemplos. É claro que o desculpamos. Sabemos hoje que um judeu de Jerusalém, um palestino puro, tratará com desprezo um judeu da diáspora asiática. Com certeza, lançará sobre ele um olhar cheio de humanidade, e até mesmo de piedade, mas não procurará nem no fundo de si mesmo, nem no íntimo do outro, aquilo que ainda os une e os liga fora da religião.

Intrigado com a intensidade daquela fornicação, escutando os suspiros e os gemidos se sucederem aos solavancos, o anfitrião acabou por colar a orelha à porta. Perguntava-se por meio de que milagre um esqueleto daqueles, de pele murcha e ossos quebrados ao meio, podia se agitar tanto. Que força, que reserva secreta, poderia animar aquele gigante que dizia vir de Bucara? Que vontade furiosa, que desejos por tanto tempo retidos a filha liberava com tamanho ardor e frenesi? Havia ali algum mistério dos sentidos, alguma depravação afetiva tão poderosa que o nosso anfitrião ficou completamente fora de si. Jamais tinha visto tanto encarniçamento em compor apenas um e mesmo ser, a um tempo penetrado e penetrante. Jamais tinha visto corpos sacudidos por tão profundas e violentas vagas, tão fortemente amarrados um ao outro. Partilhavam fluxo e refluxo da mesma ondulação. Depois, lançados sobre alguma praia, deixavam-se acariciar pela espuma. Só o tempo de um frêmito, a onda tomava-os novamente. Eles deslizavam então, como peixes, ventre contra ventre, lançando gritos engraçados, lamentos de crianças perdidas, murmúrios de ogros, algo perturbador e apaixonado.

Já sem forças, Saul sentiu que lhe chegava o prazer. Ele resistiu ainda um pouco e foi subitamente tomado de um tremor que lhe sacudiu a carcaça. Uma tosse seca anunciou a pacificação. Ele se retirou de Jezabel e se estendeu de costas.

Transportada, invadida de suores, ela ficou um tempo sem se mexer: não tinha mais corpo nem memória.

Submissa, extasiada, saboreava a sua felicidade. Daquele momento em diante, nada nem ninguém poderia retê-la em Jerusalém. Ela precisava preservar o filho de Saul para que ele pudesse marchar gloriosamente sobre as pegadas do pai. Quando chegasse o dia, ele se afastaria e marcaria o caminho com seus próprios sinais: Cuidado, inimigos de Israel! Cuidado, destruidores do Templo! Cuidado, invasor romano! Cuidado, gregos da Galiléia, fomentadores de *pogroms*!

No que se referia ao Templo, Saul pensava como aquele Jesus de Nazaré, que diziam ter ressuscitado. Por que haveria Deus de ficar fechado entre quatro paredes, por mais que elas fossem de incrível espessura e ornadas das mais valiosas jóias? Não, Deus está em outro lugar, em outra parte que não naquela casa. O Eterno reside no Céu, na encruzilhada dos universos. Único e indivisível, Ele brilha sobre os homens e os dirige. Transportado num tabernáculo, abrigado sob a tenda do compromisso, ou confinado em seu Templo, como poderia Ele, esse Deus, julgar o comportamento dos homens e puni-los como convém?

Ele achava *Elohim* mais inclinado a distribuir castigos que a distribuir favores. Não deveria Deus dar o exemplo e privilegiar a tolerância sobre a condenação?

No mesmo instante, saindo da sua doce letargia, Jezabel voltou-se para Saul e disse:

— É porque ainda estou tomada de você em meu corpo e em minha alma? É porque retardo de propósito o momento fatal? Não sei, mas sinto o olhar de Deus sobre mim.

Saul cortou:

— É isso. Deixa então o Eterno olhar você, e mostre-Lhe como eleva a sua adaga sobre este pobre pai moribundo, a quem Ele ofereceu, em sua clemência, o corpo virginal de sua filha!

Ela o interrompeu, exclamando:

— Proíbo-lhe de se fazer passar por meu pai e de continuar a considerar-me sua filha. Quanto a ainda ser virgem e até hoje não ter conhecido outro homem além de você, muitas moças teceram comentários e se divertiram com isso. Lembra-se da kharesmiana que eu trouxe do mar de Aral? Com ela saciamos os nossos mais extravagantes desejos, afrontando-nos da maneira mais sórdida.

Saul respondeu:

— Esta tarde, logo antes de encontrar você, eu me dirigia ao cume dos suicidas, lá onde os idumeus de João de Giscala, atacados por um número 10 vezes maior que o deles, puseram fim a seus dias. Pensei que, lançando-me no vazio, seria agradável ver desfilar a minha vida em ritmo acelerado. Esperei que a sua imagem me aparecesse em todas as suas formas e em todas as suas lembranças, e que ela tornaria a minha queda mais suave. Agora, digo a mim mesmo que eu também teria visto essas coisas que você me lembra. Devo-lhe confessar que, a essa evocação, a vergonha me tortura? Por esta e por outras razões, tenho medo de morrer na desonra.

Ela varreu dali aquelas frases com um gesto:

— Por favor, deixe-me de você um coração e um rosto apaziguados. Agora que me deu este filho, preciso saber que está em paz para que ele se desenvolva em mim. Preciso da sua força e da sua coragem para nelas me esgueirar e construir uma muralha. Protegido por essa armadura, seu filho crescerá no seu espírito e na sua lembrança.

Saul se endireitou, apoiando-se sobre o cotovelo. Por todo o seu longo torso coberto de cicatrizes corriam gotas de suor. Olhou para Jezabel e disse com um sorriso:

— Em toda a minha vida, jamais tive alegria maior do que neste instante que se acaba, e não tenho outra preocupação senão a sua felicidade, outra aspiração senão a de me mostrar à sua altura, quando você decidir me apunhalar.

Mostrou o peito e acrescentou:

— Precisará de mais força e coragem do que David diante de Golias, pois se é fácil abater um inimigo, muito mais delicado é abater um ser amado. Se me tivesse imposto uma prova semelhante, eu não poderia manter a minha promessa!

Acreditando que ele estava querendo comovê-la ou dar-se alguma trégua, ela apanhou a arma que havia escondido sob a coberta, olhando-o com ar resoluto.

Ele se adiantou:

— Não me atribua sentimentos vulgares. Noto a reprovação em seus olhos, um clarão de desconfiança para comigo. Você me pergunta onde quero chegar. Diz: Mas o que fazer com ele, se mudar de idéia? Terei de arrastá-lo atrás de mim até o fim dos meus dias?

Jezabel se curvou sobre ele e cobriu sua boca com a mão firme:

— Pare com essas calúnias!

Amordaçado por aquela mão que ele tinha vontade de beijar, continuou:

— O que toma por má intenção não é senão boa atenção. Minhas palavras só querem tirar de você o peso da minha morte. Você sabe, por me ter visto ao trabalho, que sou um excelente executor. Então lhe peço, deixe-me fazer isso.

Ela retirou lentamente a mão que cobria a boca de Saul e beijou-o febrilmente nos lábios. Ele devolveu o beijo com paixão e se colou a ela.

Jezabel achou que não havia melhor momento para a morte: então, apanhou a arma e o atingiu em pleno peito. O cronista dos sofrimentos de Jerusalém observou: "Ela o atingiu em pleno prazer. Ele morreu na hora."

Como os romanos mostravam-se agitados após uma série de atentados, revistando casa após casa, Jezabel fugiu, deixando ao anfitrião o encargo de enterrar aquele a quem jamais chamaria novamente de pai.

CAPÍTULO 3

Em que encontramos novamente Jezabel ao lado do zelota Eleazar, durante o cerco de Massada.

Mas vamos escutar Absalão. Ao criticar o Livro, ele nos conta muitas coisas mais...

Elias inclinou-se diante do Estrangeiro e se retirou discretamente.

A um sinal do rabino, outro narrador se aproximou. Com aproximadamente 60 anos, magro como um fiapo, a fronte achatada, maçãs salientes, a boca grande e o maxilar desdentado, o homem disse chamar-se Absalão. Levou a mão ao coração e olhou para o israelense com ar de conhecedor.

Absalão era do gênero discreto.

Seguro dos seus direitos, persuadido de que a lei do retorno agiria em seu favor, ele começou sem mais delongas.

O livro de Absalão

Poucas mulheres conseguem dar ao mesmo tempo o amor e a morte. Mais raras ainda são as que despertam a paixão dos moribundos, levando-os a gerar sua própria progenitura. É claro, sabemos agora que Jezabel não era filha de Saul, mas podemos estar inteiramente certos disso?

Saul, então na força da idade, não poderia ter seduzido a sua bela vizinha? Diante do fato consumado, do medo dos comentários e da imoralidade, os amantes não teriam mentido, acusando erradamente David, o comerciante de sedas? Saul não poderia ter roubado do jovem mercador o precioso rolo de seda marcado com seu selo, o que explicaria a surpresa do referido mercador 17 anos depois?

Durante o êxodo, David, o comerciante de sedas, teria sido atingido por uma flecha parta, ou por uma judaica? A mesma pergunta se faz no que se refere à sua esposa, a kharesmiana.

O que fazia, então, a escolta encarregada de proteger a retaguarda do comboio? Era uma escolta apenas? Teria Saul se aproveitado do pânico para fazer desaparecerem aquelas duas testemunhas embaraçosas?

Resta outro ponto, ainda, a elucidar: o que aconteceu com a bela pequena vizinha? Para sermos claros, que mal aconteceu à mãe de Jezabel? Ela é mencionada apenas o necessário para se esclarecer o seu caráter. É designada como uma jovem exagerada e inconseqüente. Vemo-la depositar o bebê diante da casa de Saul. Arrancam-se dela algumas confidências. E depois, nada mais: a jovem vizinha desaparece para sempre. Aí também temos o direito de questionar e de nos divertir procurando as respostas...

Percebendo o desagrado do rabino, Absalão achou melhor concluir o seu aparte:

— Claro, trata-se de um jogo perigoso e até mesmo muito prejudicial. Então, é melhor acreditarmos na pureza dos heróis!

Como o rabino o reprimisse com dureza, Absalão se enraiveceu e tomou Herodes como exemplo:

— Vamos, rabino, eis aí um rei que você gosta de adornar com todas as virtudes, porque ele reconstruiu o Templo e unificou o país com o consentimento dos romanos. Mas que herói ridículo esse, na verdade! Mal chegou ao poder, aniquilou uma revolta religiosa e executou Ezequias, um manassé do interior.

"Depois de Ezequias, foi a vez de Malichus, um outro manassé que fazia guerrilha contra o invasor.

"Na verdade, a traição de Herodes não teve limites. Para reinar, ele se apoiou nos asmoneus liderados por Hircano II e desposou Míriam, a bisneta de Alexandre Janeu. Uma vez membro daquela família asmonéia, que a um tempo ele adulava e temia, começou a enxergar complôs por toda parte. Forçou Hircano a se retirar, com a desculpa de que Antígonos, seu sobrinho, num gesto impensado, lhe amputara as duas orelhas com os dentes. Assim mutilado pela vontade de Herodes, Hircano teve de renunciar à sua função de sumo sacerdote. Foi imediatamente substituído por um homem de confiança.

"Alguns dias mais tarde, Herodes programou o extermínio dos asmoneus, afogando Aristóbulo, seu cunhado, numa cisterna de Jericó.

"Tomado de atroz ciúme, lançou suspeitas de que sua mulher queria envenená-lo e levou-a a julgamento. Subornado, o tribunal condenou Míriam à lapidação.

"Herodes liquidou, um a um, todos os membros da própria família. Acusou Alexandra, a mãe de Míriam, de traição, e mandou executá-la.

"Muito pior é o que vem agora: Herodes desconfiou de que seus dois filhos conspiravam contra ele e ordenou o seu estrangulamento."

Fixando o rabino bem nos olhos, Absalão acrescentou:

— Acredita em mim, rabino, eu não acabaria nunca de enumerar aqui os crimes de Herodes, assim como poderia falar-lhe durante horas das coisas positivas e admiráveis que Israel lhe deve. Isso para lhe mostrar, se é que não já sabe, que o nosso Livro pinta com cores belas os nossos heróis, sempre que eles se chamam Saul e se crêem investidos de uma missão divina.

Furioso, o rabino desabafou:

— Se não acredita nem nos nossos heróis, nem no Livro, o que faz então entre nós?

O outro replicou:

— Eu acredito num certo Livro. E o Livro no qual acredito não está escrito com todos esses acréscimos e essa indulgência! Quanto aos nossos heróis, eu os amo quando eles são de carne, feitos de qualidades e falhas humanas. E os aprecio menos quando são glorificados, atribuindo-se-lhes poderes sobre-humanos e influências divinas!

O rabino não conseguia sufocar sua cólera. Que se pudesse manter uma discussão daquelas diante do seu hóspede israelense deixava-o fora de si. Perdendo o sangue frio, gritou:

— Se não crê nem no Livro, nem em nossos heróis, nem na nossa lenda, como pode crer em si mesmo?

Absalão respondeu, calmamente:

— Gosto desta sua pergunta, pois ela me permite a seguinte resposta: "Creio em mim quando creio que estão próximos de mim." Até pouco era este o caso. Éramos da mesma tribo perdida. Tentávamos, bem ou mal, nos localizar entre a Israel bíblica e a Israel de hoje, entre a história que nos foi contada pelos pastores presbiterianos e a que contávamos entre nós com muita complacência.

Acreditávamo-nos judeus, e, então, tínhamos de sacrificar ao culto e procurar apoios. Lembre-se, rabino: eu era dos seus quando partimos para Calcutá — uma longa viagem para os pobres mendigos que éramos. Chegados diante da bela sinagoga pintada de branco e azul, nossos corações bateram em uníssono. Íamos, enfim, encontrar um verdadeiro rabino e judeus verdadeiros, de pele branca, com papelotes e tefilins. Lembre-se, rabino: não tínhamos nem mesmo uma quipá na cabeça. Ah, como éramos ignorantes!

"Proibidos na sinagoga, fomos recebidos nos degraus do templo. Ah, que humilhação! Eles ouviram a nossa história. Eram uma espécie de brâmanes judeus! Confiamos a eles o nosso segredo. Relatamo-lhes as nossas revelações. Exprimimos com o coração o nosso profundo sentimento de pertencer ao povo judeu.

"Eles nos olharam de cima. Até mesmo muito de cima. Responderam com frieza, julgando-nos pelo sangue. Tomavam-nos por impostores, talvez mesmo por aproveitadores. Mandaram-nos de volta para o lugar de onde vínhamos, com aquele desprezo que, na Índia, inspiram os rostos chineses.

"Éramos jovens, rabino! Em seguida, fomos embora. Encontramos o caminho, reencontramos as nossas raízes, escrevemos a nossa lenda, fabricamos o nosso Livro."

O rabino o interrompeu:

— Você mente, nós não fabricamos nada. O Livro nos seguiu durante milênios. Nossa perambulação, nossa epopéia, nossas esperanças estavam relatadas ali, século após século, em todas as línguas e de todas as formas!

Absalão tomou como testemunha o Estrangeiro:

— É melhor saber o que pensa sobre isso o nosso hóspede, já que dele depende a nossa sobrevida.

Até então silencioso, contentando-se em aprovar e desaprovar por meio de reações breves, de um balançar de cabeça ou de sorrisos, o Estrangeiro tomou o seu partido:

— Dizer que eu acredito na existência do Livro, tal como ele me foi descrito, sobre as suas carroças e nas suas vastas dimensões, seria mentir. O Livro só existe pela lenda que suscitou. Por sua vez — justo retorno das coisas —, a lenda criou o Livro e se inspirou nele.

Percebendo que o assistente bebia as suas palavras, ele se tornou mais prudente para poupar as susceptibilidades:

— Não procurem conhecer a minha opinião adivinhando-me os pensamentos. Estou aqui para escutá-los. Vocês ainda têm muitos séculos atrás de si. Então, continuem e não se preocupem. Meu julgamento não terá nada do Julgamento final. Dito isso, acho que foi frutífera a intervenção de Absalão. Se ele não acredita no Livro, acredita na lenda. Quem se atreveria a sustentar que uma lenda se constrói sobre a areia, e que um rastro de poeira poderia ser visível por toda a eternidade? A própria eternidade traçou para si um caminho de verdade através de oceanos de mentiras. Mas quem, que homem, que deus já retornou da eternidade para nos falar sobre ela, depois de tê-la alcançado?

O Estrangeiro teve um sorriso para Absalão e retomou:

— Nada, senão a imaginação, tem a capacidade de nos dar uma idéia da eternidade que se estende entre o começo e o fim dos tempos. Diante da imaginação, nenhuma verdade se impõe fortemente, mesmo quando nos mostram os piores horrores. Pois esse horror, tomado na sua verdade inteiramente nua, não se tornará verdadeiramente abominável senão depois de imaginado.

Ele olhou para o rabino com bondade e disse-lhe intencionalmente:

— Eu acredito na lenda de vocês, porque ela é feita de fragmentos históricos e de um enorme tecido de intenções, no qual se grava por si mesma uma história muito real, ao que me parece, pois comporta todos os ingredientes da tragédia. Ora, fiquem bem certos disto: não podemos negar as tragédias, como também não podemos negar as desgraças do povo judeu, ou qualquer outra desgraça da humanidade. Basta, simplesmente, imaginar...

Diplomata como era, o Estrangeiro pôs todo mundo de acordo, e Absalão, que acreditava na lenda sem acreditar no Livro, abandonou suas críticas e iniciou sua narrativa.

✡

A lenda de Absalão

O Livro diz:

Ainda completamente aturdida, amante e assassina, cheia de uma felicidade que guardava em segredo, Jezabel chegou a Massada graças à cumplicidade de um zelota. O homem, um informante, vivia escondido numa gruta situada por trás das forças romanas. A cada manhã ele estudava a posição dos sitiantes e, através de um jogo de espelhos, informava os sitiados sobre os movimentos das tropas e as características das novas máquinas para lançar chamas.

Eleazar, o chefe da fortaleza, transmitia, por sua vez, as mensagens através de sinais. Tanto para subir, como para descer do cume rochoso, recorria-se aos conhecimentos e à astúcia daquele combatente das sombras.

Não se sabe quantos dias, ou meses, Jezabel ficou em Massada. Testemunhos escritos, recentemente encontrados por arqueólogos nas ruínas daquele que foi o quartel-general dos defensores, confirmam, entretanto, que ela era da confiança de Eleazar. Pelo menos até certo ponto. Aquelas mesmas fontes nos mostram os dois em desacordo, opondo-os violentamente quando Eleazar, um místico, louvava o suicídio em vez da rendição.

Jezabel não considerava a possibilidade de morrer sem combate. Defendia uma ação derradeira, uma descida noturna, um golpe audacioso extremamente mortífero que poria os legionários de Flavius Silva* em má situação.

Dirigindo-se ao rabino e a seu hóspede israelense, Absalão não pôde se impedir de observar:

— Não consigo ver Jezabel organizando um comando desses, e muito menos participando dele. Não vamos esquecer que ela não tem senão uma missão: deverá pôr no mundo o filho de Saul e educá-lo no espírito de seu pai. Como, então, se arriscaria ela a enfrentar as forças de Flavius Silva, que eram em número 10 vezes maior?

---

* Flavius Silva — governador romano que marchou contra Massada com a Décima Legião. (N. E.)

Uma ação assim, suicida, poria um termo definitivo à linhagem dos Saul de Bucara. Em compensação, e segundo sabemos do temperamento de Jezabel, é provável que ela tenha lutado com todas as suas forças contra a solução preconizada por Eleazar, o zelota, e que teve como conseqüência o fim trágico que todos nós conhecemos. Por que imolar-se a si próprio? Por que sacrificar os combatentes, as mulheres e as crianças, quando ainda restam muitas provisões e munições para resistir durante meses, e para negociar, talvez, uma saída honrosa?

Um especialista nas digressões, Absalão, desculpou-se polidamente, prosseguindo:

A lenda de Absalão

Isto vem explicar aquilo. Não conseguindo persuadir Eleazar a adiar o suicídio coletivo dos 970 defensores de Massada, Jezabel fugiu dias antes do massacre. Levou consigo 19 rapazes e oito moças. Vigorosos, aguerridos por várias provas, aqueles jovens não se conformavam em transgredir a lei de Moisés. A vida é um presente de Deus, que não convém devolver a quem a deu. Enquanto houver vida haverá a esperança. E enquanto houver a esperança dever-se-á rejeitar a idéia da morte. É claro, vimos Saul de Bucara reclamar ruidosamente a morte e recebê-la com grande êxtase. Para um agonizante daquela estirpe, procriador no último instante, quantos milhões de outros moribundos deixam este mundo sem sentir nada mais que o terror? O nada os espera, e eles conseguem vislumbrar a enorme massa lúgubre e viscosa.

Com o guia à sua frente, os nossos esgueiraram-se lentamente ao longo de uma trilha escarpada que laçava e enlaçava o maciço calcário como uma espécie de serpente, onde cada pedra que rolava era um chocalho de alarme.

Do alto até a base do promontório, diversas sentinelas romanas, que ocupavam postos de observação, pereceram degoladas.

Menos difícil do que aquela descida pela noite negra foi transpor o acampamento, que se estendia até o mar Morto. Havia ali cerca de 20 mil soldados, dos quais três quartos eram romanos, um quarto, gregos, esperando há décadas que a fortaleza tomada por Manaém no ano 66 finalmente se rendesse. Como todos sabem, ela caiu em 73.

Ao fim de novembro, Jezabel e os seus atravessaram as linhas inimigas.

No início de dezembro, despertando de madrugada como de hábito, o general romano Flavius Silva lançou um olhar distraído para o cume da fortaleza. Mais uma manhã, pensou ele, suando como um condenado e morto de tédio naquele deserto apodrecido. Tudo aquilo por causa de um punhado de judeus fanáticos que não respondiam mais aos ultimatos.

Flavius Silva já havia dirigido quatro ataques contra aqueles zelotas do demônio. E nas quatro vezes os ataques tinham sido rechaçados. Agora, ele esperava que a fera, esfomeada, saísse com as mãos para cima, para então exterminá-la...

Normalmente àquela hora, e com o mesmo olhar, o general costumava ver a troca dos arqueiros. Via os pedreiros remendando as brechas, via mulheres e rapazes apagando os incêndios. Ouvia o som do *shofar**, as orações e os gritos. Enfim, ali costumava reinar uma animação própria a toda cidadela sitiada.

Naquela manhã, entretanto, alguma coisa parecia fora de rotina. Flavius franziu as sobrancelhas. Lá no alto, tudo estava silencioso e inerte. Apenas um cão latia sem parar.

Então, ele compreendeu. Não havia recebido, alguns dias antes, uma mensagem estranha, alertando-o das intenções zelotas de privá-lo da vitória?

No momento, julgando a missiva suficiente, ele acreditou no blefe. Mas agora compreendia: os judeus haviam mantido a palavra. Eles se haviam aniquilado.

A notícia terrível se espalhou com a mesma rapidez de uma tempestade pelos mundos judeus do Oriente e do Ocidente. Por toda parte, a consternação, o estupor, o respeito. Louvavam-se a coragem, o gesto. Entretanto, aquele fim programado, aquele caos, aquele desperdício deixavam espantados os sacerdotes e os poderosos. Atentar

---

* *Shofar* — embora considerado um dos mais antigos instrumentos musicais, para os judeus ele não é usado por prazer ou divertimento. Tem um sentido mais profundo: é um chamado para o arrependimento, avisando a chegada dos Dez Dias de Arrependimento. (N. E.)

contra a própria vida, desprezando a moral religiosa, não seria um meio de fugir às leis escravizadoras e aos trabalhos aviltantes? O povo judeu inteiro não ficaria tentado a imitar os zelotas de Massada? E o que seria dos poderosos, de repente privados do povo?

A queda de Massada, o trágico fim dos puros e dos justos, não chegou até Jezabel, pois ainda não havia diáspora judaica no Iêmen, ou melhor: nada havia sobrado dela. Célebre mil anos antes, o reino de Sabá retornara ao pó. A rainha e o rei Salomão desapareceram das memórias. Não mais se percebia o menor traço que fosse em qualquer cabeça. E nem nas pedras, e nem nas tumbas. O povo de então se havia volatilizado, junto com os lagos e as pastagens que faziam a sua riqueza. Hoje, tudo estava coberto de pó.

Ao povo de ontem sucederam-se os bandos rivais, as tribos agressivas, ora adormecidas, ora enervadas pelas drogas.

Após uma longa e perigosa navegação pelo mar Vermelho, Jezabel e seus fiéis zelotas pisaram em terra, além do estreito, em uma região abrigada, devastada por um recente tremor de terra. Tratava-se do golfo de Áden, ponto de encontro de piratas com feições aterrorizantes. Gente ainda mais rude que os quirguizes, eles ofereciam uma única qualidade: a hospitalidade. Uma vez acolhido em suas tendas, recebiam-se comida e bebida. Mas, cuidado! Uma vez do lado de fora, arriscava-se ser despojado por aqueles mesmos anfitriões.

Tendo vivido entre os sudgis, Jezabel quase não se sentia deslocada. Agora, faltava apenas dar à luz o filho de Saul e fazer daquela terra um outro reino do qual, um dia, partiria um novo exército judeu.

Absalão se interrompeu e disse, olhando para o Estrangeiro:

— Não fique preocupado. O nascimento se passou da melhor forma possível. Jezabel pôs no mundo um belo e forte menino. E, se me permitem, apesar de ter-se tornado corajoso e ousado com a idade, passaremos muito rápido por aquele filho do amor e do incesto. Digamos que ele se interessava mais pelo comércio e os lucros do que pelas desgraças de Israel sob o jugo do invasor.

Sobre este último ponto, o rabino achou bom intervir:

— Não o condene ao esquecimento. Há explicações para isso: sua mãe morreu quando ele atingia o décimo ano de vida. Depois, foi educado pelos fugitivos de Massada, eles próprios muito divididos quanto a seu eventual retorno à

Terra Prometida. É preciso dizer que tivemos de esperar os anos 133 e 135 para ver explodir uma outra revolta importante, relativa, ao mesmo tempo, a Israel e ao conjunto de diásporas do Oriente e do Ocidente. Em Roma, como em Alexandria; em Damasco, como em Chipre; em Antióquia, como em Cirene ou Berenice; em Pérgamo, como em Mileto; nas margens do mar Negro, como nas do Mediterrâneo, o povo judeu inteiro se levantou contra aqueles que eu chamaria greco-romanos!

Absalão cortou:

— Uma razão a mais, meu caro rabino, para abreviar esses 63 anos durante os quais o herdeiro de Saul de Bucara transformou o antigo reino da rainha de Sabá numa espécie de paraíso artificial, onde os judeus piedosos estudavam a Torah *enquanto mascavam o* khat*; *não havia nenhum rabino, nenhum operário, nenhum camponês, que não guardasse entre suas gengivas e sua face direita uma bola de folhas encharcada de saliva.*

O Estrangeiro perguntou:

— Mas o que aconteceu com Jezabel?

Absalão adiantou-se ao rabino, exclamando:

— Vejo que Jezabel o fascina e não posso senão compartilhar dessa atração. Amamos a Jezabel guerreira, a Jezabel aventureira, a Jezabel apaixonada, a Jezabel amorosa. Mas, veja bem: amamos muito menos a Jezabel mãe. O nascimento do filho transformou o seu caráter. De temperado no aço, tornou-se amolecido no leite.

Esmagada pela responsabilidade, ofuscada pelo brilhante destino do menino, ela se consagrou inteiramente a ele. Chegou mesmo a propor a um homem fazer o papel de marido para trazer ao lar uma autoridade além da sua.

O Estrangeiro insistiu:

— Isso explica a sua morte?

Absalão levou a pergunta ao pé da letra:

— Isso a explica inteiramente. Coloque-se na pele de um marido ignorado por sua mulher. Ele tem 22 anos; ela, 37. Ele combate três anos em Massada; ela, apenas três meses.

O rabino se zangou:

— Não tem o direito de minimizar o papel de Jezabel e, ainda menos, de contar os meses em que ela ficou em Massada. Na verdade, não sabemos nada a esse respeito!

---

* Khat — arbusto usado há séculos como suave e estimulante; provoca embriaguez similar ao uso excessivo de chá ou café. (N. E.)

Absalão afastou a repreensão com um gesto e retomou:

— Se bem que já um pouco fenecida, ele a deseja. Se bem que desejada, ela lhe recusa os seus favores. Ele masca o khat *sem parar. Certa noite, perde a cabeça e a apunhala. Ao mesmo tempo, ele corta a própria garganta. O sangue de ambos, escorrido para a mesma poça, será a única coisa que terão compartilhado.*

Absalão, o contestador, aparentou buscar a aprovação do rabino e voltou à lenda...

✡

A lenda de Absalão

Em seu novo reino de Sabá, que se estendia do estreito "da Porta Aberta" até o golfo de Áden, e das margens do mar de Oman até o deserto de Adramaut, Saul, o menos renomado dos Manassés, reinou até a morte.

Ao chegar aos 60 anos, sentiu que a vida o deixava e mandou buscar o seu filho mais velho. Então, teve para ele as seguintes palavras:

— Veja, meu querido filho, chegou a hora de nos separarmos. Pouca gente aqui me respeita porque não mantive minha palavra de manassé. Esqueci quem eu era, esqueci de onde vinha. Hoje, no umbral da morte, estou coberto de remorsos. Eles me envolvem por toda parte, como um sudário, a tal ponto que tenho medo de ser enterrado envolto assim pela vergonha. Você me dirá, caro filho — você, o mais velho de meus sete rapazes —, que é tarde demais para fazer uma autocrítica, e que teria sido preferível enviar tropas e dinheiro para a Terra Prometida, a fim de ajudar aqueles que combatiam os romanos. Pequei por orgulho e ambição. Os negócios me desviaram do caminho correto, traçado há muito tempo por meu pai. Em vez de agir como vingador e justiceiro, agi como um aproveitador, roubando de um o que não conseguia roubar de outro. É assim o mundo dos comerciantes. E você sabe alguma coisa a esse respeito, pois me ajudou tão bem nesse comércio duvidoso.

"Para a prosperidade da nossa comunidade, nós, você e eu, abusamos do vício e dos defeitos que habitam todo ser humano quando se vê abandonado por Deus!"

A essas palavras, Saul I, do Iêmen, o filho de Saul de Bucara, foi imediatamente chamado por *Elohim*.

O que estaria, pois, Saul do Iêmen querendo dizer a seu filho mais velho, antes que subitamente fosse levado em meio às palavras? Será que o teria incitado a se juntar ao tão importante movimento de libertação que sacudia o mundo judeu sob o impulso de Simon Bar Kokhba, o filho da Estrela?

Quereria assegurar-se do contrário, ou seja: ouvi-lo jurar sobre a *Torah* que se comprometeria a fazer frutificar a empresa familiar com a exportação de *khat* das suas vastas plantações para as Índias?

Se acreditarmos no remorso do agonizante, faremos como na lenda: veremos Saul, o filho mais velho, preparar sua partida para a Terra Prometida. Vamos vê-lo recrutando os homens aptos para o combate, tanto entre os descendentes dos zelotas de Massada quanto nas tribos confederadas. Pois não havia um certo Palkumi, um chefe de clã, pedido que lhe tatuassem o sinal secreto, em troca do quê colocou sua frota de barcos à disposição dos Manassés? Dessa forma, eram transportados para a Índia milhares de arbustos, que cresciam e se nutriam durante o percurso, para chegarem bem viçosos ao final de uma viagem de vários meses.

Inteiramente entregue à alegria de se pôr logo ao serviço de Bar Kokhba, aquele famoso manassé do interior, Saul do Iêmen — o segundo daquele nome — não percebeu que o perigo se aproximava.

Uma armada impressionante de veleiros apresentou-se diante do golfo de Áden. A partir dali, estava declarada a guerra do *khat*.

De um lado, os judeus do reino de Sabá, grandes produtores de folhas. Do outro, os plantadores da costa oeste, os de Jamnagar e de Bombaim, grandes produtores de bétele.* Estes últimos vinham em massa exigir contas aos intrusos, que quebravam o mercado indiano.

---

* *Bétele* — também conhecido como noz de bétele, noz de betel, noz de areca ou *pinang*. É a semente da palmeira *areca catechu*, de sabor fresco e apimentado que costuma ser mascada para causar a sensação de euforia. Diz-se ter qualidades afrodisíacas, melhorar a capacidade de aprendizagem e raciocínio, além da redução de cáries e a remoção de parasitas intestinais. (N. E.)

Outra folha, outra droga. Se a folha do *khat* não necessitava de nenhuma preparação antes do consumo, em compensação as folhas da palmeira eram misturadas com cal e noz de areca ralada. Mais prático e proporcionando efeitos semelhantes, o *khat* judeu quase se impôs em todo o continente indiano.

Digamos, de uma vez, que os judeus do novo reino de Sabá, apesar de aliados às tribos das montanhas e aos nômades do deserto, perderam a batalha. Contaram-se mais de 300 mortos em suas fileiras, e outro tanto de feridos. Pior ainda, as mulheres e as crianças foram tomadas como reféns e levadas para alto-mar.

Saul, o segundo do nome, ficou desolado. A maior parte dos jovens que ele havia treinado para segui-lo em Israel e marchar sobre os romanos estava fora de combate, despedaçados por algumas centenas de selvagens.

Com o sabre entre os dentes, aqueles selvagens saltaram dos veleiros com a velocidade de um relâmpago e nadaram até à praia. Ali, sem piedade, com os lábios espumantes, começaram a carnificina, só deixando de matar para violar moças e rapazes. Haviam surpreendido a tropa judia no exato momento em que esta retornava de uma manobra. Os homens, na sua maior parte, estavam em terra, sentados ou deitados.

Com 43 anos, Saul, o segundo do nome, escapou milagrosamente da morte. Três dos seus irmãos não tiveram a mesma sorte. Mas o que quer que se pense desse horror, ele maculava a honra dos mais bravos e mais crédulos. Morrer devido ao uso do *khat* era morrer de vergonha, morrer sem glória. Em Israel, do outro lado daquele mar Vermelho, desde o Sinai até Tiberíades, de Jerusalém até Alexandria, de Samaria até Antióquia e Roma, os insurretos judeus pagavam com a vida o preço da liberdade.

Se puderam infligir pesadas perdas aos romanos nos primeiros tempos da revolta, o mesmo não aconteceu depois.

Desnorteado, a princípio, pelos ataques extremamente bem preparados e terrivelmente mortíferos, o invasor pôde se refazer e se organizar. Aniquilou as diásporas, massacrando um em cada dois habitantes, incendiando os bairros judeus, pilhando as lojas, empanturrando-se com sangue e carne.

Dez legiões suplementares foram enviadas de Roma para Israel. Os soldados estavam adestrados e treinados contra os judeus, assim como os cães pastores o são contra os lobos. Imaginem-se 80 mil monstros, de capacete e couraça, martelando com suas botas a Terra Prometida!

Enquanto os nossos Manassés do reino de Sabá tentavam, por sua vez, organizar uma expedição punitiva contra os marajás do bétele, o sucessor de Adriano arruinava Israel definitivamente. Ele destruiu 985 vilas e vilarejos, passando pela espada, a estaca e a adaga 600 mil da resistência. Em quatro anos de guerra, assassinou tantos civis e vendeu tantos escravos judeus para os países vizinhos que o preço deles passou a não valer mais que o de um carneiro. E quando o admirável Simon Ben Kokhba tombou em Bethar, durante uma furiosa batalha corpo a corpo, a revolta cessou por si mesma, pois Israel, exangue, não passava mais senão de ruínas e de cemitérios.

Desde então, foi o fim do Estado judeu, estabelecido antigamente pelos asmoneus e que teve o seu apogeu sob o domínio de Herodes.

Essa última revolta da Antigüidade, a que foi mais violentamente reprimida, teve por conseqüência a definitiva separação entre o judaísmo e o cristianismo. Até então, e desde a vinda do Cristo, era possível acomodarem-se, mal ou bem, diferentes dogmas e crenças. No futuro, como anunciou Paulo desde o ano 50, os cristãos, quer fossem judeus ou não-judeus, não mais veriam na lei mosaica um mecanismo de justificativa e salvação.

As desgraças de Israel dividiram profundamente a comunidade do reino de Sabá. De discussão em discussão, terminou-se por organizar um debate fundamental em um anexo do Templo. Os membros deveriam pronunciar-se sobre o fim ou o prosseguimento da produção de *khat*. E os partidários do pró e do contra brigavam com ferocidade, quando viram chegar pelo mar Vermelho uma horda de refugiados a pedir asilo e proteção. Vinham do país inteiro, uns com uma magra bagagem, outros esfaimados e de mãos vazias.

De tal forma é feito o homem, que ele desconfia tanto do seu próximo quanto do seu irmão. Se Saul do Iêmen, o segundo do nome, via com maus olhos a irresistível ascensão do último de seus irmãos — chamado David, o Benjamin —, ele também via com o mesmo olhar ruim aquela gente do êxodo. Logo, o debate fundamental não tratou mais do *khat*, mas sim do direito do sangue e do solo. Deveriam permitir àqueles estrangeiros se instalarem ali, como na terra deles, com tudo que uma tal imigração comporta de riscos e de contaminação? Ou, pelo contrário, deveriam considerá-los membros legítimos, membros de uma mesma e grande família, e aceitá-los em todos os níveis e em todas as funções?

Saul se mostrou intolerante. Uma integração precipitada estava fora de questão. Os estrangeiros deviam permanecer afastados, à espera de que o seu destino fosse determinado. Os descontentes poderiam retornar ao lugar de origem. Se fosse necessário, poderiam ser acompanhados...

Saul, o segundo do nome, neto do grande Saul de Bucara, não havia herdado nenhuma qualidade do avô. Nele, os defeitos primavam sobre as virtudes, como a avareza sobre a generosidade. E a desconfiança sobre a confiança. Virtudes — podemos bem nos dar conta disso —, ele não possuía nenhuma, a não ser que as mantivesse ocultas.

Pouco se incomodava com Israel, a qual pretendia ajudar financeiramente com o dinheiro da droga. Só lhe importavam as suas plantações e suas colheitas.

Vista curta, espírito estreito.

Compreendeu que uma maioria se destacava a favor da integração dos recém-chegados e, pura e simplesmente, adiou as discussões, livrando-se dos insistentes com a doação de um miserável pedaço de deserto, onde só cresciam poeira e serpentes.

Indignado, seu jovem irmão, de apenas 17 anos, decidiu abandonar o reino e ir ver, em outros lugares, como caminhava o mundo.

Com todos os talentos e aptidões possíveis, franco e devotado, belo e forte, talvez um tanto desajeitado, o Benjamin era, tanto no aspecto físico quanto no mental, a réplica exata do grande Saul de Bucara, cuja linhagem ele continuava.

Tímido e apagado, ainda não havia mostrado nada de seu verdadeiro temperamento. Achavam-no ridículo, um pouco introvertido. Ninguém o tomaria como chefe. Foi necessária aquela circunstância — uma discussão sobre as coisas da existência e a importância das opções — para que os seus o descobrissem. Achavam que ele gaguejava e que era confuso de espírito. Mas ele falou sem maltratar as sílabas, exprimindo-se claramente sobre o dever da solidariedade para com os novos migrantes.

O jovem David, que foi logo rebatizado como Saul, o terceiro do nome, deixou seu auditório boquiaberto, declarando que estavam todos entrando em uma nova era, pois, dali em diante, as diásporas deveriam guardar Israel na memória, sob pena de um dia não poderem mais do que apenas imaginar a Terra Prometida.

Por essa fórmula, Saul, o terceiro do nome, não imaginava simplesmente a Terra Prometida: ele profetizava que Israel desapareceria durante 1.810 anos, antes de renascer das cinzas. Isso nos faz pensar que aquele jovem colosso de 17 anos era dotado de uma visão cósmica.

Ouvindo o irmão mais velho mentir descaradamente a propósito das somas destinadas ao rabinato de Israel, ele o provocou, exclamando:

— Por que ajudar o que não existe mais? Por que socorrer Israel, já que Israel se anulou a si mesma, deixando-se despojar e manchar por povos estrangeiros?

As discussões foram logo julgadas escandalosas pelos plantadores, que viam na ajuda financeira a Israel um álibi para a sua má consciência.

Então, o jovem Saul, que todos achavam tímido e desajeitado, bateu ainda com mais força:

— A queda de Israel no caos e no nada arrasta os Manassés para as profundezas do *sheol*. Sim, os Manassés entram na tumba e não têm mais direito à existência. Eis-nos aqui, mudos e mutilados, incapazes de nos fazermos ouvir e mover.

E, como os plantadores e seus auxiliares se manifestassem ruidosamente, Saul, o Jovem, o terceiro do nome, acrescentou:

— Por quê, e para quem fazer justiça? Contra quem iremos nos vingar, já que são tão diversos e numerosos os nossos inimigos, já que tanto trabalharam os colaboradores para a decadência de Israel? Devemos nos vingar da vida, da História, ou dos próprios judeus, incapazes

— na sua divisão, como também nas suas exigências, ou na sua intransigência — de conservar para si a terra de Israel? Destruído, o país encontra-se em mil pedaços. Espalhados aqui e ali, alguns sobrevivem, a não ser que só se mantenham na superfície, em meio a um novo dilúvio!

Vendo seu irmão mais velho vociferar, ele o deteve com um gesto e disse:

— Se devemos dar a justiça, se devemos aplicar a vingança, por que não pedir contas a Deus?

Absalão interrompeu-se, demonstrando sua satisfação. Ele próprio era uma espécie de refratário entre os judeus de Aizawl.

Pensava que o Estrangeiro estivesse do seu lado e dirigiu-lhe um aparte:

— Ninguém jamais ainda se havia atrevido a usar semelhante linguagem naquela época, muito menos nos tempos passados. Incriminar Deus era a pior das profanações. Só judeus não-praticantes podem se permitir julgar Deus. Que eu tenha conhecimento, nenhum muçulmano faria isso. Dentre as centenas de milhões de habitantes com que o mundo islâmico conta, nem um só é ateu. E, assim, nem um só é livre. Para qualquer coisa, qualquer ato, qualquer decisão, qualquer esperança, recorre-se a Alá! Ora, recorrer a Alá é evitar julgá-Lo!

Absalão tinha um fraco por aquele jovem Saul do Iêmen, oriundo do ramo de Bucara, e não escondia isso. Acrescentou:

— Corajosos igualmente foram os nossos escribas, que relataram esse diálogo no Livro. Pelo menos, encontram-se ali as mesmas palavras.

Temendo que o seu narrador fosse longe demais, o rabino se interpôs:

— Absalão, você se engana de história! Inventa o que lhe convém e suprime o que o incomoda. Assim, depois de ter negado a presença do Livro entre nós e em nós, gostaria de fazer desse Saul do Iêmen, terceiro do nome, um agnóstico. Ora, esse Saul que você embeleza assim e que modifica a seu bel-prazer, jamais pronunciou semelhante frase nem cometeu o sacrilégio que você insiste que aceitemos.

Voltando-se para o Estrangeiro, disse-lhe:

— Eis a versão do Livro tal como os escribas a registraram, e o senhor verá que ela é singularmente diferente: "Se devemos dar a justiça, se devemos aplicar a vingança, por que não pedir a Deus para nos aclarar?"

Absalão sorriu, irônico, e disse:

— Naturalmente, o rabino tem razão, já que ele sempre tem razão pela função que exerce. Entretanto, se tivéssemos de acreditar nele, poderíamos nos divertir refletindo sobre a palavra "aclarar", que se presta a tantas interpretações.

Questionando o Estrangeiro, ele perguntou:

— Que acha o senhor disso?

— Acho que se pode efetivamente interpretar ao infinito o sentido da palavra "aclarar" na frase que nos concerne. Acho que não é possível fazer o mesmo com as palavras "pedir contas", pois elas são fortes e diretas. Elas atacam Deus e O questionam.

Sorrindo para o rabino, acrescentou:

— Esteja certo dos meus bons sentimentos para com Deus, se bem que eu seja um desses judeus vindos de toda parte, por terem ido longe demais. Ou, se o senhor preferir: "vindo de longe demais, por ter estado em toda parte". Isto é apenas um parêntesis, se me permite: não creio em Deus tal como a Bíblia ensina. Creio em Deus tal como eu O sinto: ora no bem, ora no mal, segundo Ele cuida de nós, ou nos maltrata. Entretanto, quando de uma catástrofe natural, ou de um massacre de inocentes, acontece de eu recorrer a Deus e até odiá-Lo por ter deixado suceder. Ora, compreendo perfeitamente a reação do jovem Saul ao propor — e não ao exigir — contas a Deus. Certamente, uma audácia dessas parece-me extraordinária para aquela época. Mas não é a queda de Israel e o seu desaparecimento da História, durante dois mil anos — sabemos disso hoje —, um acontecimento extraordinário?!

O rabino parecia consternado: Existiam, então, israelenses sem fé? Israelenses que não fossem religiosos? Ele não ousava pronunciar para si mesmo a palavra "ateu". De repente, sentiu vontade de chorar, depois ficou quieto, escutando Absalão retomar a sua narração.

✡

A lenda de Absalão

O jovem Saul, terceiro do nome, foi severamente punido. Chicotearam-no até sangrar e depois lançaram-no numa jaula tão estreita que ele mal podia esticar o seu comprido esqueleto.

O trigésimo segundo dia de cativeiro estava começando para ele, quando aconteceu o levante do reino de Sabá. Repentino para os chefes, preparado secretamente pelos fiéis ao jovem Saul, aquele levante teve por efeito a libertação dos prisioneiros e a distribuição de terras para os imigrados que assim o desejassem.

Vencido e esgotado, o irmão mais velho ouviu as reivindicações e decidiu pelas reformas. Só colocou uma condição: o exílio do irmão.

Algumas centenas de pessoas o acompanharam a bordo de uma frota de embarcações.

Após muitos incidentes e aventuras, desembarcaram em Bombaim, porto nada hospitaleiro e insalubre, onde reinava uma sociedade brâmane das mais intolerantes e da qual ninguém, naquele grupo de exilados, conhecia as regras de conduta que deveriam observar. Seguiram-se tensões e choques. Por ter pisado sem querer sobre um local sagrado num templo que havia atraído a sua curiosidade, Saul, terceiro do nome, foi espancado severamente.

Em péssimas condições, consciente do perigo que seu grupo corria, o ferido foi procurar asilo em outra parte. Voltaram ao mar, navegando até o extremo da Índia, evitando escalas.

O acaso quis que uma tempestade os forçasse a se abrigar num local protegido do capricho dos elementos. E, assim, aportaram em Cochim, onde foram acolhidos com benevolência pelo marajá.

Logo se juntaram a eles companheiros antigos do Iêmen, um reino em decadência, e fundaram a famosa Comunidade de Cochim, que, em seu apogeu, contava com 17 mil súditos.

Saul, o jovem, viveu até os 73 anos, uma idade canônica e, mesmo, quase bíblica. Teve oito esposas judias e casou-se com uma nona, no fim da vida — a própria filha do marajá Birendra, que ainda não havia completado 13 anos.

Enumerando todas essas esposas, poderíamos crer que Saul, terceiro do nome, tivesse sabiamente permanecido entre os seus, a interpretar os mandamentos ou a encher os cofres com mercadorias raras.

Seria uma ilusão vê-lo assim, homem de Deus ou homem de dinheiro. Na verdade, depois que os seus se instalaram, Saul, o jovem, liberado do juramento dos Manassés, fugiu de Cochim para correr o mundo.

Israel, esmagada, aniquilada, talvez desaparecida para sempre, tornava-se agora a Terra prometida. De fato, o combate dos Manassés não tinha mais sentido.

Israel não existia mais; existia, porém, em cada um de nós. E cada um de nós era um pouco daquela terra divina, onde em qualquer estação floresciam o trigo e a cevada.

Enquanto esperávamos retornar a ela, seguindo os passos de um hipotético messias, aprendíamos a serenidade. Fazíamos as nossas orações, honrávamos o Eterno. Respirávamos, aproveitávamos o instante, fazíamos o amor e a vida. Educávamos as nossas crianças na memória e na religião. Ao mesmo tempo, adotávamos a religião dos outros: sua linguagem, seus costumes, seus hábitos, suas vestimentas e suas modas.

Integrados ao país de adoção, éramos nós e os outros, ao mesmo tempo, com uma única diferença: havia sempre alguém, em algum lugar, para nos apontar com o dedo.

Felizmente, naquela época de transição, existiam ainda alguns Manassés para nos guiar e nos avisar de perigos se aproximando...

Nesse ponto da narração, Absalão achou bom lembrar a origem dos judeus de Aizawl.

Com um gesto, ele convidou o Estrangeiro a contemplar seu rosto de traços tipicamente chineses e disse:

— Como o senhor pode ver, se bem que dotado de um físico tão pouco bíblico, é provável que descendamos dos Manassés de Cochim.

"Se seguirmos a genealogia na ordem correta, partindo de Samaria, nós nos reencontramos na Assíria e depois na Babilônia. Dali, alguns de nós ganharam o Egito e partiram para a Pérsia seguindo Alexandre, o Grande. Temos todos

na memória a estranha e trágica odisséia dos gêmeos de Mênfis. A cavalaria judaica que eles comandavam chegou até o atual Penjab e se espalhou ao longo do vale do rio Indu. Durante o percurso, e seguindo o exemplo de Alexandre, eles fundavam estabelecimentos e reinos efêmeros. Em Merv, em Samarcanda, em Bucara, as comunidades judaicas cresciam e resistiam.

"De Bucara, o grande Saul, primeiro do nome, partiu para a China com dois de seus irmãos. Levavam um jogo de xadrez para o imperador Qin. Saul se casou com Li-Wa, a filha do rei. Seus irmãos igualmente deixaram descendência em Xi'an.

"Mais tarde, perseguidos pelos Ts'ins, os judeus de Xi'an, que jamais tinham cortado os laços com Bucara e com a Ásia Central, deslocaram-se para Kaifeng e se colocaram sob a proteção dos songs. Mais tarde ainda, ao chamado da Terra Prometida, muitos homens deixaram a China, tentando a peregrinação para a Terra Santa. Todos passaram por Samarcanda e Bucara, onde tinham família e raízes.

"Entende-se que os Manassés de Bucara não esperaram os Manassés da China para viajarem para Israel. Bem poucos conseguiram realizar tal resolução e proezas. Vimos recentemente em que condições Saul de Bucara, oitavo do nome, e sua filha Jezabel, foram recebidos pelos romanos.

"Ainda mais recentemente, fizemos com que o senhor tomasse conhecimento da a vida e da morte do antigo reino de Sabá, onde se perdeu Jezabel. Seu filho não nos proporcionou muita coisa. O filho dele nos decepcionou outro tanto. Foi necessário esperar o terceiro do nome para reencontrar as qualidades e as virtudes do bisavô famoso, que soube fugir dos partas e fundar um novo reino judeu entre os sudgis.

"Acredita-se que esse reino de Sudgi tornou-se mais tarde o reino dos khazars.

"Mas voltemos a Cochim, no ano 180 da era cristã. É só uma digressão, se o senhor me permite: hoje, a comunidade judaica de Cochim não existe mais. Ela contava com alguns milhares de membros em 1945. A maior parte, desde então, foi para Israel. Os outros foram mortos e enterrados. Só resta a sinagoga e uma parte do cemitério, disputados pelos elefantes e pelos tigres tamuls."

Absalão tirou seu lenço e enxugou o rosto. Notando um ligeiro nervosismo no Estrangeiro, ele interrogou o rabino com os olhos e disse:

— Se está de acordo, creio que seria tempo de fazer uma pausa.

Como o rabino concordasse, saíram todos do galpão e se alinharam à beira do precipício. Chovia muito sobre a colina. E quando os homens voltaram, abotoando-se os casacos, foi a vez de as mulheres saírem.

Não se sabe exatamente o que se passou entre Absalão e o rabino durante a pausa. Entretanto, pode-se adivinhar facilmente qual foi o assunto da discussão.

Afastado, Absalão cedeu seu lugar a uma narradora chamada Anath. Era uma mulher de pequena estatura, rosto expressivo e voz sonora.

Por um momento ela se sentiu tímida diante do Estrangeiro. Depois, tomando coragem, lançou-se por sua vez na saga dos Manassés.

✡

O livro de Anath

Ao completar 22 anos, Saul do Iêmen, terceiro do nome, que de agora em diante chamaremos Saul de Cochim, primeiro do nome, foi tomado por uma louca vontade de correr o mundo. Acompanhado por Gad, um amigo de infância, empreendeu uma viagem à China. Esperava encontrar lá parentes distantes, descendentes de Saul, o jogador de xadrez, e de seus dois irmãos.

Quero lembrar-lhes que eles eram originários de Bucara, cuja comunidade foi fundada pelos gêmeos de Mênfis. O que quer que se fizesse, onde quer que se fosse, acabava-se sempre caindo sobre algum grupo ou família espalhados cinco séculos antes pela famosa cavalaria judaica de Alexandre, o Grande.

Ora trajados como intocáveis, ora como brâmanes, ora como camponeses do Ganges ou montanheiros do Himalaia, Saul e Gad usaram todos os meios possíveis de transporte. Iam depressa, não se detendo senão a contragosto ou forçados a isso por inundações, abalos sísmicos, guerra ou banditismo.

Os dois jovens permaneceram, entretanto, por várias semanas em uma vasta metrópole cosmopolita situada no delta do Ganges. Naquela época, ela levava um nome diferente, que o Livro não pôde reter. Entretanto, somos informados por ele sobre algumas características daquela cidade, na qual se realizavam toda espécie de comércios, desde o do vendedor de água e de ervas até o comerciante de rubis e de esmeraldas.

Não se dava nada, nem mesmo um olhar, sem que logo se fosse recompensado por um outro olhar.

Provocantes e belas, as mulheres ofereciam seus encantos e danças em troca de dinheiro ou de bijuterias diversas.

Após procurarem em vão algum negociante judeu pelos *souks** e bazares, tiveram de admitir que nenhum correligionário ainda havia chegado até ali.

No que se refere a Saul de Cochim, primeiro do nome, e a seu amigo Gad, devemos precisar que nenhum dos dois era animado ou movido por algo que não fosse um desejo de novidade. Isso é bastante raro e merece ser sublinhado. Até então, vimos os Manassés viajando para fazer justiça ou para comerciar, mas não pelo único prazer da descoberta.

Com Saul de Cochim, primeiro do nome, não houve nenhum monopólio a estabelecer pelo uso da força ou da diplomacia, nenhum outro benefício a receber, senão o conhecimento de si e dos povos visitados.

A pé, a cavalo, algumas vezes carregados nas costas por escravos, Saul e Gad atravessaram as imensidões indianas do Assam, e outras tantas planícies onde cresciam o arroz e a aveia; florestas onde só a umidade crescia, além de plantas envenenadas pela sombra mortal das grandes árvores. Lá também, devemos precisar, os missionários anglicanos nos encontraram naquelas mesmas florestas, 1.800 anos mais tarde. Estávamos, então, sem fé e sem memória, havendo perdido o Livro desde tempos imemoriais. Outra brincadeira do acaso: Saul e Gad, os jovens intrépidos, pisaram igualmente a terra do Mizoram, marcando com suas pegadas, sem dúvida, estas colinas que hoje nos cercam.

---

* Souk — um quarteirão comercial numa cidade árabe. Geralmente esta palavra é usada para designar mercado em alguma cidade de tradição árabe. (N. E.)

Esses fatos e coincidências ainda irão perturbar por muito tempo a nossa comunidade. Por que, e como, por qual caminho retornamos sobre os passos de Saul de Cochim, primeiro do nome? Seríamos nós programados, como pombos-correio, preparados para o retorno pelo anel do destino? E que tipo de mensagem levávamos?

Mas voltemos a Saul e Gad. Entregues à excitação da descoberta, eles percorreram vastos desertos e regiões. Percorreram os contrafortes do Himalaia, transpuseram rios largos como oceanos.

Chegaram até Kunming e ao Vale do Chá, deixaram-se enfeitiçar pela suavidade das colinas, com o gosto do tabaco e o perfume sutil dos vales.

Misturavam-se ao odor do chá os perfumes do jasmim e da laranjeira.

As mulheres eram belas e livres. Eles se aproveitaram disso e divertiram-se com os costumes. Entre os bais, da Floresta de Pedra, a mulher se deitava sobre o homem e o cavalgava com fúria: o macho era reduzido à condição de cavalo.

Entre os hus e os shinus, pelo contrário, a mulher ficava passiva e só exprimia a sua satisfação emitindo risinhos. Nenhum sobressalto no ventre, nenhum movimento da cintura, ou das costas, era admitido: coberto com raiva, o corpo era um lago tranqüilo onde vagavam o nenúfar e a folha de lótus.

Ao saírem da Floresta de Pedra, enquanto subiam na direção de Chengdu, em pleno norte, Saul falou a Gad:

— Deus criou as mulheres para permitir que os viajantes conhecessem os homens.

Ao que Gad retificou:

— Eu diria que Deus criou as mulheres para que os homens pudessem conhecer o país que estão percorrendo...

— Você é preciso demais — respondeu Saul. — Vale mais ficar na poesia e numa certa imprecisão. Sendo assim, a frase é justa, pois o que restaria para nós de lembranças emocionantes, se tivéssemos feito voto de castidade antes de empreender um périplo tão longo como este? Sabe? De Calcutá eu ainda guardo uma ardência no coração.

Gad respondeu:

— E eu, de Bombaim, conservo uma ardência no baixo ventre!

Saul espantou-se:

— Mas o que está esperando para se tratar?

— Para que me tratar, se o mundo inteiro já foi atingido por essa doença?

Saul se encolerizou:

— Ora, se todos pensassem como você, não haveria solução. Talvez devesse começar, dando exemplo.

Gad perguntou:

— E você, como que é que faz?

— Eu? Você devia saber. Nunca peguei nada. Deus me protege!

Gad olhou para o companheiro como se o estivesse vendo pela primeira vez. Era evidente que Saul estava falando a verdade: não havia sido atingido por nenhuma doença, havia escapado da malária, das epidemias e de toda a sorte de inconvenientes relacionados mais ou menos com a convivência das mulheres.

Vendo Gad em meio a grande confusão, Saul confiou-lhe:

— É um segredo de família. De tempos em tempos, graças a alguma geração excepcional, um de nós herda as qualidades de um grande antepassado. Este aqui é puro como o ouro, sólido como a rocha, reto como o álamo, forte como o elefante!

Gad encarou Saul, mas não viu transparecer nenhuma ironia. Ingenuamente, perguntou:

— É verdade que Deus o protege?

— Das duas uma — respondeu Saul. — Ou Ele me protege de verdade, ou então sou eu que acredito ser protegido. Nos dois casos, é eficaz.

Gad insistiu:

— Peço-lhe que não brinque com as palavras!

— Que posso dizer-lhe de diferente? Que o Eterno me escreveu, que nós nos encontramos, que Ele me disse: "Vá para qualquer lugar, faça qualquer coisa com seu amigo Gad. E não receie nada. Eu velarei por você"?

Influenciado por um espírito mau, Gad desafiou seu melhor amigo:

— Vou cortar o meu braço e fazer em você o mesmo ferimento. Veremos qual dos dois irá sarar mais rápido!

Saul respondeu:

— Parece que temos coisa melhor a fazer do que cortar o braço, agora que lhe abri meu coração.

Gad não compreendia as coisas da mesma forma. Disse:

— Não temos nada a fazer senão pegar estrada e mais estrada. E eu gostaria de saber se aquele que me acompanha em tudo e em todos os lugares é tocado de verdade pela graça de Deus.

Saul de Cochim, primeiro do nome, com a idade de 22 anos, não percebeu a ironia e ofereceu o braço à espada de Gad.

O talho foi profundo, e o sangue, escorrendo até a terra, maculava a amizade entre os dois jovens.

Por sua vez, Gad se cortou.

Ao ver o horrível ferimento, Saul murmurou consigo mesmo: "Quando não puder convencer pelas palavras, faça-o pelo exemplo. Depois, voltará às palavras, ou então vão lhe fazer a guerra!"

Com um tom confidencial, Anath disse ao Estrangeiro:

— Evidentemente, Gad não teve oportunidade para fazer guerra a Saul. O braço infeccionou tão depressa que foi preciso amputá-lo. E a amputação foi tão mal realizada, que se transformou em catástrofe para o pobre Gad. Diz-se que ele entregou a alma não muito longe de Chengdu, onde suas cinzas foram espalhadas segundo o ritual local.

Anath manifestou certa hesitação, e retomou:

— Evidentemente, o ferimento de Saul não teve maiores conseqüências. O corte fechou sem a menor supuração.

Com uma voz alegre, acrescentou:

— Pode parecer estranho ao senhor que uma conversa sobre mulheres e doenças venéreas nos leve de repente ao drama. Saiba, entretanto, que todo homem que caminha em companhia de outro pode mudar subitamente de atitude e dar prova de um comportamento anormal.

"Fatigados, privados de alimento, avançando por um meio hostil, acontece que os homens se indispõem e procuram briga. Saiba também que se Saul de Bucara, o ancestral de Saul de Cochim, marchava à frente de seu grupo com

sua filha Jezabel, tal não aconteceu com Saul de Cochim. Se o primeiro se dirigiu à Terra Prometida, o segundo foi pelos próprios pés rumo ao desconhecido. Em outros tempos, um outro comportamento. Veja o senhor: existem homens que fazem a História; outros, que fazem histórias; e, por fim, existem aqueles que, como Saul de Cochim, caem em cheio dentro da História.

Anath agradeceu ao Estrangeiro por lhe haver prestado atenção, e reabriu o Livro da memória.

✡

O livro de Anath

Acabaram-se as suaves colinas de Kunming, onde floresciam o saboroso chá verde e o tabaco seco. Adeus, mulheres da Floresta de Pedra e do Lago da Lua. Agora, Saul penetrava a violência. Quanto mais se aprofundava pelos campos chineses, tanto em Sichuan como em Hubei, mais tinha de se ver com as hordas de camponeses revoltados. Estes, portando um turbante amarelo, estavam em guerra contra o governo dos hans, corrompido até a medula.

Para Saul de Cochim, primeiro do nome, não existia combate mais nobre, causa mais nobre a defender, que a dos miseráveis em rebelião contra uma autoridade férrea.

Enquanto avançava passo a passo, poderíamos dizer, em direção a Xi'an, Saul ia aprendendo quem eram aqueles Turbantes amarelos. Na origem de seu movimento estava a família dos tchangs, magos taoístas, fundadores de uma sociedade secreta que contava com milhares de adeptos espalhados pelas províncias mais afetadas pelos impostos e pela fome. Os tchangs eram como os Fa Lun Gongs* de hoje em dia. Realizavam prodígios e curavam doentes por meio de complicados processos que, ao mesmo tempo, se relacionavam com artes marciais e com um sistema de controle mental beirando a cos-

* Fa Lun Gong — seita que mistura taoísmo, budismo e práticas chinesas tradicionais; pretende ser reconhecida como religião no país. Em 1999, a China decretou a ilegalidade da seita, qualificando-a de "culto do mal". (N. E.)

mogonia. Em alguns anos, e no mais completo segredo, os tchangs organizaram e treinaram um exército de mortos de fome, capazes de fazerem o império dos hans cair no nada.

No dia combinado, revelado pela posição dos astros, os tchangs deram o sinal para a revolta. Foi tão grande a surpresa dos senhores e dos seus funcionários que um grande número pereceu nas primeiras horas da insurreição.

Àquele exército de camponeses preparados secretamente vieram se juntar milhares de homens e de mulheres. Logo províncias inteiras foram tocadas pela irresistível maré dos Turbantes amarelos. Enfim, tomava-se dos ricos para dar aos pobres. Castigavam-se os maus, supliciavam-se suas famílias.

Os hans não puderam suportar tamanho levante, bem no coração do Império. Por sua vez, ergueram consideráveis forças armadas e convocaram seus melhores generais.

Saul, tomado pela tormenta, simpatizando com os Turbantes amarelos, horrorizava-se com a sua crueldade. Ali, não mais se tratava de justiça e vingança, mas sim de uma espantosa ignomínia.

Do outro lado, entre os governistas, procedia-se com a mesma monstruosidade, a mesma abominação. Como, então, conservar a fé na humanidade, quando a metade desta matava-se a si própria em carnificinas de uma selvageria inaudita?

Comparados com os chineses, fossem estes das forças amotinadas ou das repressivas, os gregos e romanos não passavam de meros aprendizes de açougueiros. Certamente, havia menos judeus para matar em Israel do que chineses para matar na China. Aqui, os assassinatos eram em massa. E a massa diária de decapitados representava, *grosso modo*, toda a população de Jerusalém.

E, naquele banho de carmim onde se deslocava, afundando dia após dia num desespero viscoso como o sangue, Saul ajudava ora a um, ora a outro. Algumas vezes interpunha-se para salvar alguma criança da cegueira dos camponeses. Outras vezes, ao contrário, pedia clemência para alguma criança ou mulher em pânico, perseguidas pelos soldados dos hans depois de aniquilarem sua aldeia.

É preciso dizer que o aspecto e a postura imponentes de Saul de Cochim, primeiro do nome, impunham-se a uns e a outros. Além disso, ele se valia do prestígio de qualquer homem branco, uma cor de pele muito rara naquelas províncias deserdadas. Alguns viam nisso aquilo que desejavam ver: um inimigo, um traidor, um espião; outros, inversamente, consideravam-no tal como era: um estrangeiro tomado entre duas correntes de violência, porém tendo escolhido o seu partido.

Desencadeou-se, então, um incidente entre aquele branco e um grupo de camponeses arrebatados que amontoavam bebês aos seus pés e os lançavam, um a um, contra um muro de tijolos, como gatinhos que quisessem eliminar.

Saul ergueu-se entre os assassinos e os poucos bebezinhos que faltavam ainda para serem atirados, fazendo uma muralha com seu corpo.

Desconcertados pela atitude de seu amigo branco, os Turbantes amarelos hesitaram por um instante, depois se lançaram sobre ele, esfaqueando-o.

Acreditando-o morto, roubaram suas vestimentas e deixaram-no nu entre os cadáveres das crianças.

Alguns minutos depois passou pelo local um tchang. Era um oficial encarregado de fazer uma relação dos ossuários para o governo rebelde. Assim como os hans, os Turbantes amarelos faziam fichas sobre a guerra e as colocavam em arquivos. Trata-se de uma mania chinesa, transmitida de dinastia a dinastia.

Quando o encarregado de contar os mortos descobriu o cadáver daquele grande branco entre os bebês, desmontou do cavalo e o examinou mais de perto.

Muito ferido e sujo, o homem ainda respirava. Seria melhor acabar logo com ele e contá-lo como morto do que considerá-lo semimorto. Tirou seu punhal e preparava-se para atingir-lhe o coração, quando ficou intrigado com a tatuagem no ombro dele.

Mas onde ele já tinha visto aquele sinal? Pouco a pouco, a lembrança foi vindo à tona: pois Kuan Yu, o seu chefe, não era marcado com aquela mesma inscrição incompreensível?

O oficial embainhou de novo o punhal e colocou o gigante sobre o seu cavalo. No caminho, perguntava-se se todos os brancos seriam tatuados daquela mesma forma, e por que o seu chefe, um mestiço vindo não se sabia de onde, expressava-se vez ou outra numa língua de que ele havia conseguido memorizar algumas palavras. Tentou, então, repeti-las: "*Elohim*, *Elohim*, Israel, Israel."

Ao ouvir aquelas palavras hebraicas, Saul voltou a si. Teve a impressão de estar sendo recebido no sheol, assim como os cristãos o são no paraíso. Mas alguma coisa não se encaixava. Onde estava ele? Por que o teriam amarrado sobre um cavalo? Aonde o levavam?

Saul não obteve a resposta de imediato. Teve de sacolejar por muitos dias ainda, em condições totalmente desfavoráveis, até o momento em que o oficial decidiu cuidar dele e lhe conseguir uma montaria.

Para dizer a verdade, o ferido parecia bastante melhor. As feridas fechavam. Os hematomas desapareciam.

Chegados à província de Shaanxi, controlada pelos tchangs e onde reinava relativa calma, Saul de Cochim, primeiro do nome, pôde finalmente saber por que não haviam acabado com ele.

Na verdade, e mesmo que esta possa parecer incrivelmente fantástica, o chefe do distrito de Xi'an, que comandava os Turbantes amarelos, não era outro senão o longínquo descendente de Saul, o jogador de xadrez, e de Li-Wa, a filha do imperador Qin.

Manassés de geração em geração, aquela linhagem oriunda de Bucara havia permanecido fiel à palavra dada, mesmo sem saber exatamente o que significava. E, de pai para filho, a cada morte, a cada nascimento, a cada geração, jurava-se um sobre a cabeça do outro, pronunciando-se a fórmula sagrada: "O que quer que aconteça, onde quer que esteja, em sua casa ou na casa de outros, em liberdade ou em cativeiro, jamais esqueça quem somos!"

É inútil, penso eu, descrever-lhes a alegria dos dois homens lançados pelo acaso no mesmo caminho, após quatro séculos de ignorância.

Se Saul de Cochim deixou sua cidade, ao sul da Índia, sem outro objetivo que não o de correr mundo para melhor conhecê-lo, agora ele compreendia por que razão o Eterno o havia guiado até ali. Tinha sido em Xi'an que Saul, o jogador de xadrez, havia defendido, por dias e noites seguidos, no Conselho dos Sábios, a causa dos guerreiros, até obter sua graça. Em vez de executar os 17 mil soldados que deveriam acompanhar o imperador ao túmulo, para protegê-lo de eventuais invasores, haviam-se modelado e enterrado, em seu lugar, 17 mil réplicas deles, feitas em terracota.

Anath suspirou por um instante e retomou o curso de sua narrativa:

O senhor sabe, não?, que os arqueólogos chineses descobriram muitas fossas nas quais foram encontrados 8 mil guerreiros. Desde então, eles recobriram as escavações com um gigantesco galpão, substituindo as primeiras fileiras, que estavam estragadas, por modelagens recentes.

Em migalhas, rachadas, quebradas, amontoadas umas sobre as outras depois de violentos tremores de terra, as esculturas, segundo os responsáveis, não estavam nada apresentáveis para o público. Restauraram-se algumas, fabricaram-se outras. É que os chineses, sejam eles hans de ontem ou de hoje, sempre detestaram a desordem. É pena, pois da desordem das ruínas sempre emerge uma certa harmonia. Sob a grande vitrine que os abriga hoje, os guerreiros de Xi'an perderam toda a sua magia. Antes, imagine-os quando Saul de Cochim, acompanhado por seu quase primo, penetrou secretamente o túmulo do imperador Qin. Ali, Kuan Yu, o Turbante amarelo, uma espécie de Robin Hood judeu, um manassé, em suma, indicou sem hesitação a imagem do grande Saul, o jogador de xadrez.

De pé, imenso, intacto, a imagem transmitia uma emoção tão intensa que os dois homens tiveram lágrimas nos olhos.

Assim vai a vida, pensou Saul: há meses que navego por um verdadeiro oceano de carne rubra, indo de açougue em açougue, de carnificina em carnificina, conseguindo manter a cabeça fria. Onde quer que me encontre, seja a sós ou em público, em ação ou em repouso, não deixo nada transparecer dos meus sentimentos, levando a crer que o Eterno me tornou insensível a todos esses horrores, assim como me tornou imune às epidemias. E em seguida, de repente, ali, diante da estátua de meu ancestral, eis que soluço como pequenino inseto.

Diante de Li-Wa, Saul não chorou. Apreciou sua beleza. Ela deixou-o impressionado, tanto mais quando se imaginou, ele também, condenado a beijá-la sobre 64 partes de seu delicioso corpo.

Saul de Cochim lembrava-se do cálculo e da loucura dos números. No total, duplicando a quantidade a cada casa de pele e à razão de um beijo a cada três segundos, ele deveria acariciar a jovem por um tempo igual a 440 vezes a idade da Terra, ou seja, 110 vezes a idade do universo.

Depois de chorarem, os dois jovens discutiram sobre aquela matemática, lançando exclamações admiradas. De cálculo em cálculo, de riso em riso, Kuan Yu propôs:

— E se eu lhe desse minha irmã em casamento, será que você a beijaria até perder a noção do tempo?

Saul perguntou:

— Ela é tão bonita como Li-Wa?

— Ela é a réplica exata da princesa. Mas é uma camponesa, trabalhava nas terras de um homem rico. Esse homem abusava da minha irmã, como fazia com as outras servas. Nós o punimos, executando sua família inteira. Agora, as terras pertencem à minha irmã. Aproveite. Este ano, regados com um sangue impuro, o trigo e a cevada vão jorrar nos celeiros.

Saul respondeu:

— Pouco me importa que sua irmã seja rica ou pobre. Ela é sua irmã; então: sim, caso-me com ela.

E Saul de Cochim, primeiro do nome, tomou por esposa Lia Shan, a chinesa judia.

Dizer que eles se amaram seria um exagero, porque Lia Shan foi assassinada por um coletor de impostos no dia seguinte às suas núpcias. O coletor escondeu-se no porão da casa que os dois esposos ocupavam. Surpreendido pela jovem, que havia descido para arrumar as roupas do casamento na arca onde o homem estava escondido, ele, apavorado, apunhalou-a imediatamente.

Em Xi'an desde muito que não mais se punha luto. Matava-se demais para que pudesse haver piedade. Os mortos já faziam parte da paisagem. A cidade, o campo, tudo estava coberto por eles. E, pior que isso, não se podia dar um passo sem tropeçar em alguma cabeça.

Em meio àquelas mortandades, Saul e seu primo — como o designaremos aqui — trocavam opiniões e falavam sobre Israel.

Estavam mesmo com a intenção de fazer marchar o exército dos Turbantes amarelos sobre a Terra Prometida, uma vez conseguida a vitória, tal como havia acontecido com o seu antepassado. Terra que Kuan Yu tinha dificuldades para imaginar, tanto se havia habituado a atravessar grandes espaços e a fazer guerra contra inimigos com imensuráveis poderes. Ele não podia imaginar que se pudesse guerrear em país tão pequeno e contra tão poucos soldados de ocupação, sem vencer a batalha. Expulsar de Israel 50 mil romanos aparecia-lhe como um brinquedo de criança. Kuan Yu raciocinava como um estrategista chinês. Em sua terra, em seu campo, como também no campo vizinho, eram inesgotáveis as reservas de homens. E, como eram inesgotáveis e incessantemente renovadas, após cada catástrofe, os hans acabaram por tomar a dianteira. Esmagaram os Turbantes amarelos durante um memorável combate que, comparado ao de Kadesh — que opôs os exércitos de Ramsés II às tropas hititas, cerca de 1.600 anos antes — pareceria uma batalha de figurantes cinematográficos.

De fato, os hans formaram fileiras de um milhão de soldados regulares, equipados com poderosas armas e treinados em todas as formas de combate, desde a escalada de fortalezas e de falésias até o enfrentamento a descoberto, a emboscada e a luta corpo a corpo. Aqueles regimentos de elite cercaram os 300 mil camponeses mal armados e avançaram sobre eles.

Quanto aos chefes dos revoltosos, demasiado idealistas e muitas vezes incompreendidos pelas tropas, a eles se opunham, adiante, generais profissionais, preocupados com as suas carreiras e o seu aperfeiçoamento. Excelentes estrategistas, eram cruéis e impiedosos, desprezando os tchangs e desdenhando as perdas. A cada dia fechavam mais o círculo, esmagando metodicamente o adversário.

Em uma semana acabou-se com os Turbantes amarelos e os tchangs. Os milagres que ingenuamente eram atribuídos a eles não se realizaram. Pelo contrário, o que se seguiu foi uma catástrofe sem precedentes. Fala-se no número de 2 milhões de cadáveres e de outro tanto de fugitivos, os quais eram eliminados sucessivamente. Não havia espaço para prisioneiros e nem para os suspeitos de simpatizarem com os Turbantes amarelos.

À anarquia dos revoltados sucedeu-se a dos vencedores. Deixava-se que as pessoas morressem de fome e de epidemia. A cólera e a peste fizeram o resto. Viram-se mães sufocando os filhos por não poderem alimentá-los. Outras foram vistas abrindo o próprio ventre para extraírem o feto, e depois seguindo pelas estradas segurando as entranhas com as próprias mãos. Lobos e tigres também invadiram os campos; javalis e ratos devoravam os cadáveres. Também muitos outros animais imundos surgiram naquele caos, sem se contar os dragões e os monstros que todos viam em si mesmos e nos outros.

É inútil, penso eu, dizer-lhes que Kuan Yu caiu como um bravo a poucos passos de seu primo, ele próprio atacado e abandonado ao seu destino, à beira de um caminho.

Mais uma vez, o Eterno velava. As feridas foram cicatrizando novamente, e também a personalidade. Ele, tão iluminado no passado, agora ensombrecia-se a cada dia que passava. O olhar não era mais cintilante, a boca permanecia séria; os lábios, cerrados. Os cabelos iam embranquecendo, o rosto enrugava.

Que fazer da vida naquele momento? Que fazer do instante, quando tudo a nosso redor se desmorona? Que fazer da vida, quando o sol desaparece, quando a lua se torna pálida, quando a esperança não comparece mais ao encontro marcado? Que fazer da vida, quando se está com 29 anos? E o que fazer dos anos que ainda restam ser vividos, quando o gosto pela vida ficou amargo, e o sabor do suave e do açucarado se perdeu?

Sentindo esvair-se a coragem, Saul implorou ao Eterno:

— Com que fim Tu me poupas? O que Tu esperas de mim nessa planície sinistra, onde os abutres são tão gordos que se deixam lapidar por minhas pedras sem sequer tentar evitá-las? Peço-Te, em nome dos meus que não mais existem, em nome dos outros que me aguardam em Cochim, diz-me o que devo fazer, e o farei!

O Eterno, tocado por aquelas palavras, fez ouvir Sua voz:

— Vá aonde queiras ir, meu filho. A Terra é grande, e numerosos são os seus caminhos. Não digo para tomares o mais difícil deles. Tampouco digo-te que sigas pelo mais fácil. Este daqui está repleto por uma porção da humanidade, que sinto não seres capaz de freqüentar, de tal forma estás marcado pelas provações que sofreste.

"Na verdade, achas que estás desiludido, mas estás apenas esgotado. Repousa em qualquer lugar, fecha os olhos a toda vista e os ouvidos a todo ruído. Expulsa o real dos teus pensamentos e maravilha-te com o imaginário. Não existe melhor mundo que aquele que não existe em lugar nenhum.

"Desconfia das pessoas que não sabem mais sonhar, como daqueles que irão dizer: *Quem não sabe tirar lições de 3 mil anos de História não passa de um infeliz que vive cada dia como se fosse o último.*

"Deixa que o teu espírito ande como vagabundo e não tires nenhuma lição da História, pois as lições não são dadas senão por Mim mesmo. E, para fazer-te uma confidência, acrescento que elas para nada servem, pois mal são aprendidas, ou recebidas, e são esquecidas, lançadas ao abismo."

O Eterno tossiu, limpando a garganta com algumas nuvens.

Aliviado, continuou:

— Vá, meu filho, vá, e o negrume que habita em ti, neste instante, acabará por dissipar-se. Vá, meu filho, vá! A existência é uma corrente eterna, e ali o homem não passa de um elo. Se esse elo estalar, de repente, porque se fez muita força sobre ele, é toda a cadeia da vida que entra em vibração.

"Não, nada receies, a corrente pode vibrar, mas não se rompe. Olha para Israel: seus filhos não estão mais lá, e, no entanto, o coração de Israel continua batendo, pois Israel está neles."

De novo, o Eterno tossiu. Sem dúvida, se havia resfriado ao se descobrir. Então, com uma voz quase humana, acrescentou:

— Vá, meu filho, vá! Mais de mil anos vão se passar, e depois dessa corrente sem fim, tu renascerás em um outro Saul de Cochim, o trigésimo do nome.

Estupefato, Saul perguntou:

— Quer dizer que Tu me farás desaparecer durante mil anos? E como irei morrer? E aonde irei após a morte?

— Fica tranqüilo, não morrerás. Deixar-te-ei apenas de lado.

— Deixar-me-ás à beira do caminho?

— Sim. É isto. Guardar-te-ei em reserva em meu cofre-forte, no céu.

— Por muito tempo?
— Não te faças de surdo. Já te disse.
— Por mil anos?
— Sim. Por mil anos.

Anath fechou novamente as páginas do Livro. Sorriu para o Estrangeiro, fez um gesto para o rabino e deu um piscar de olho para a assistência. Disse:

— O Eterno manteve a Sua palavra: deixou Saul à beira do caminho durante 1.300 anos. Então, se todos o desejarem, vejamos juntos as grandes linhas daquele milênio no qual não se perseguiam propriamente os judeus de Israel, pois Israel não existia mais senão em suas diásporas disseminadas um pouco por todo o mundo conhecido.

✡

O livro de Anath

A Israel sucedeu a Palestina, e aos judeus, os cristãos do Império bizantino.

De Israel, agora, só restava Jerusalém. Não a Jerusalém do Templo, mas a Jerusalém do Cristo, cidade onde viviam, ainda, sem fazer alarde, 15 ou 20 mil judeus.

Nos anos 600, os persas do rei Khosrow deram combate aos exércitos de Bizâncio e se apoderaram de Jerusalém. Khosrow ordenou a execução de todos os cristãos. Olho por olho, dente por dente: Heráclio, o imperador de Bizâncio, retomou Jerusalém à frente de uma poderosa força armada, ordenando imediatamente a execução de todos os persas junto com todos os seus aliados.

Exigiu que os judeus se convertessem ao cristianismo, sob pena de expulsão imediata e confisco dos bens.

A maior parte deles deixou sua terra, indo refugiar-se na Espanha. Os demais continuaram a existir, mal ou bem.

Ao mesmo tempo, a ameaça muçulmana a Jerusalém ia se delineando. Um certo caravaneiro, chamado Maomé, pregava pelo islã, pelos lados de Medina. Pela palavra e pela força, conseguiu juntar os árabes de Meca à sua causa. Unidos, assim, na fé de Alá, a Arábia inteira declarou a guerra santa.

Aconteceu a decisiva e inevitável batalha de Yarmuk, que opôs Heráclio de Bizâncio a Omar, o muçulmano. Formidável encontro, onde cada qual brandia a espada e arrancava cabeças em nome do seu deus.

Alá venceu Jesus. O exército cristão foi aniquilado e Omar instalou-se em Jerusalém, então esvaziada de seus últimos habitantes judeus.

Na Babilônia, os exilados dos primeiros êxodos prosperavam e estudavam em paz o Talmude. Os outros, dispersos em Roma, na Grécia e em todo o Império Bizantino, como também em toda a costa da bacia mediterrânea, não esqueciam Israel. Entre um *pogrom* e outro, uma perseguição e outra, eles coabitavam, cultivando suas particularidades próprias. Da Babilônia chegavam-lhes os últimos textos explicativos da *Torah*: a Mishná e a Guemará, seguidas pelo Zohar, um texto sobre a Cabala cheio de segredos a decifrar.

Numerosos imperadores com o nome de Constantino sucederam a Heráclio no comando do império cristão. Todos experimentaram a embriaguez dos campos de batalha, indo provocar os árabes em seus domínios, ou expulsando-os quando se mostravam demasiadamente ousados.

Depois, foi a vez de Irene, imperatriz do Oriente. Ela depôs o seu filho e perseguiu cruelmente os iconoclastas. Com o mesmo impulso "purificador", provocou movimentos antijudaicos, mostrando enorme prazer ao ver incendiarem-se os seus bairros.

De Constantinopla, um grande número de perseguidos tomou o caminho da Anatólia, chegando a Bucara.

Infelizmente, alguns séculos mais tarde, foram eles vítimas da expansão e da loucura dos mongóis. Em Samarcanda, assim como em Bucara, Gengis Khan decapitou mais da metade dos habitantes, obrigando os demais a avançarem diante das suas tropas. Não se sabe quantos de nós foram massacrados e nem quantos serviram como escudos humanos.

É preciso dizer que Gengis Khan não incriminava propriamente os judeus. Sequer tinha uma idéia do que poderia ser um judeu. Entretanto, havia freqüentado fabricantes de seda e outros negociantes nas suas estepes natais, sem ficar nem um pouco chocado com seus costumes.

Depois de acabarem com os uigures e os chineses, os cavaleiros-flechas do grande Khan — hábeis arqueiros amarrados a seus cavalos — lançaram-se sobre os árabes de Saladino e os cristãos vindos do Ocidente.

Entenda-se que a onda mongol pela Ásia Central não impediu que os árabes se opusessem à hegemonia dos cruzados, como também não impediu que estes, cada vez mais numerosos, empurrassem os árabes para fora da Palestina e se instalassem como senhores naquilo que agora chamávamos de "Grande Israel".

Anath olhou para o Estrangeiro com um ar embaraçado e disse:

— Estou contando ao senhor tudo que já deve saber na ponta da língua. Como sou tola! Espero que me perdoe.

O Estrangeiro a tranqüilizou:

— Eu a perdôo, tanto mais porque a coerência das coisas e dos fatos é um elemento essencial na busca da verdade.

Sorrindo, ele encorajou Anath a prosseguir.

Devolvendo-lhe o sorriso, ela continuou:

O livro de Anath

Enquanto os barões francos do Ocidente avançavam na direção do Egito após terem incendiado e ensangüentado o reino de Judá, libertando os seus lugares santos, a Espanha se livrava da dominação muçulmana.

Depois de Toledo, caiu nas mãos dos reis católicos — que conduziam a *reconquista* partindo das províncias do Norte — o poderoso emirado de Córdoba, onde judeus e árabes desde séculos viviam em harmonia.

Os judeus da Andaluzia não sabiam ao certo com que tipo de molho seriam comidos. Na dúvida, alguns partiram para o reino de Granada, derradeiro bastião muçulmano na Espanha.

Os que permaneceram em Córdoba se tranqüilizaram. Não eram eles livres para praticar sua religião, para estudar e comerciar tal como no passado, apenas com a condição de pagarem os impostos?

Menos de um século mais tarde estouraram os movimentos anti-semitas em Córdoba e em Sevilha. Cometeram-se assassinatos e pilhagens. Depois, chegou o tempo das conversões forçadas. Não havia outra alternativa: aceitar o batismo cristão ou fugir para Granada ou Cádiz. Desta última, embarcavam para a Magreb dos almorávidas, a distância de barcos a remo, onde há tempo haviam-se estabelecido ativas comunidades judaicas. Provenientes do centro e do norte da Espanha, outros perseguidos transpuseram os Pireneus, fixando-se no sul da França.

Estávamos, então, nos anos 1391 e 1392.

O Eterno ainda não havia ressuscitado Saul de Cochim, o primeiro do nome, em Saul de Cochim, trigésimo do nome. Por enquanto, sua alma vagava por algum lugar entre os cumes elevados do Tibete, as vastas e espessas florestas do Malabar e as impenetráveis selvas do antigo Kerala. Talvez sobrevoasse também, nauseada e repugnada, a Terra Prometida que antes haviam atingido o grande Saul de Bucara e sua filha Jezabel.

Sua resistência diante do inimigo romano, seu desejo obcecado de prolongar a linhagem dos Saul, oferecendo-se um ao outro, agora fazem parte da nossa história. Era o tempo dos Manassés, o tempo dos revoltados e dos heróis designados por Deus para vingar as vítimas inocentes.

Infelizmente, 1.300 anos mais tarde, a Terra Prometida continuava sob ocupação.

Depois de haverem empurrado ao mar e a outros ventos os cruzados do Ocidente e do Oriente, destroçados em todas as frentes, inclusive no Delta do Nilo, os mamelucos mantinham o país com mão de ferro.

A princípio timidamente, e depois com resolução, retornaram à Terra Prometida os exilados do Egito e da Mesopotâmia que haviam permanecido, como nós mesmos, hoje, fiéis à Israel bíblica. Felicitavam-se entre si pela partida dos francos e davam mostras de se acomodarem ao novo ocupante.

Falando o árabe, o persa, algumas vezes o latim, impregnados de cultura judeo-árabe e perso-babilônica, muitos tiveram de reaprender a língua hebraica, da qual não conheciam senão as orações.

Dizer que confiavam nos mamelucos, aqueles antigos escravos dos exércitos egípcios, seria um exagero. Digamos, antes, que eles os achavam mais tolerantes para com sua religião do que os Cruzados do Ocidente. Mas estavam enganados.

Logo, violentos levantes em Jerusalém, em Hebron, em Safed chegaram aos bairros judeus.

Manipulados pelas autoridades locais, as populações árabes e cristãs tomavam os boatos por fatos reais, temendo um novo e mítico poder judeo-mongol. Corriam livremente os rumores de um novo rei David, proveniente dos mundos do Leste e marchando sobre Jerusalém. Enxergavam-se espiões por toda parte. Esses espiões, segundo se acreditava, estavam encarregados de abrir as portas da cidade para as tropas de David, guiando-as para os seus pontos estratégicos.

Em uma só noite, cerca de mil pessoas foram presas em suas casas por suspeita de colaboração com aquele rei imaginário, inteiramente criado pelo sultão, e sofreram as piores sevícias. Ao cabo de insuportáveis torturas, esgotadas e desejando acabar de vez com aquilo, algumas delas confessaram, arrastando os demais à morte.

Escondidas pelos bosques e as colinas, famílias inteiras suplicavam ao Eterno que viesse socorrê-las.

Anath calou-se, agradecendo ao Estrangeiro por lhe haver prestado atenção.

Depois ela se afastou alguns passos, permitindo que outro narrador se adiantasse.

Era um homem de cerca de 30 anos, torso recurvado e ventre encolhido.

O Estrangeiro reparou nos olhos amendoados, na boca de lábios grossos, no nariz forte e ligeiramente recurvo, encimados por uma testa larga, lembrando Mao Zedong.

Só aquele personagem, na sinagoga de Aisawl, poderia vangloriar-se de reunir num mesmo rosto características físicas chinesas e semitas.

O homem cumprimentou o Estrangeiro com uma bela voz grave e disse chamar-se Amos.

O rabino encarregara-o de concluir a saga dos Manassés, a qual, dentro em pouco, chegaria ao seu final, pois o Livro, disperso pela selva da Birmânia no século XVI, segundo a lenda dos judeus do Mizoram, terminava com a descoberta da América por Cristóvão Colombo. Além dessa aventura, os judeus do Mizoram nada mais sabiam sobre a sua história, senão que haviam morado na selva e perdido a memória, ao mesmo tempo que perdiam o Livro.

CAPÍTULO 4

Em que se fica sabendo da ressurreição de Saul de Cochim, o trigésimo do nome, na sua boa cidade de Cochim, litoral de Malabar.

Mil e trezentos anos passaram voando pelo mundo, lançando mais sombra ainda do que luz, e em nada pouparam o povo judeu.

Deixado por Deus à beira de um caminho chinês, 13 séculos antes, Saul de Cochim, investido de uma missão divina, vem advertir os judeus da Espanha de um perigo iminente.

Há uma grande distância entre a revolta dos Turbantes amarelos e as desgraças da Inquisição, mas as coisas da vida são feitas sempre assim, de forma a atingirem a humanidade em seu conjunto.

Meses mais tarde, embarcando com Cristóvão Colombo na nau Santa Maria, *Saul chegará em terra, mas não reconhecerá as Índias...*

Com uma voz quente e vibrante, como convém para contar semelhante odisséia, Amos começou seu relato.

O livro de Amos

A comunidade judaica de Cochim vivia em paz sob a proteção do marajá Virupaksha II. É preciso dizer que a cidade ainda não se chamava Cochim. Achamos que, provavelmente, se chamava Kochi, em malaiala. Isso pouco importa: continuaremos a falar de Cochim, como fizemos antes.

A cidade estava ligada ao império hinduísta de Vijaynagar.

Praça forte, de fulgurante brilho intelectual, orgulhosa da sua independência ante a hegemonia dos sultões do reino de Hiderabad, Cochim sofria os ciúmes de Délhi, sua rival islâmica: as artes, a filosofia, a arquitetura, as ciências, a literatura brilhavam ali com todas as suas luzes.

Em Cochim, como em qualquer outra província, exprimia-se e escrevia-se em sânscrito, em tâmil, em telugu, em kanada, mas também em hebraico, pois os artistas judeus participavam do prestígio de Cochim e de sua inegável influência.

Ao fanatismo dos maometanos extremistas, que invejavam a cidade e sonhavam conquistá-la, correspondia, dentro de seus muros, um islamismo muito mais moderado e que parecia acomodar-se bem ao hinduísmo, sua primitiva religião.

Em Cochim toleravam-se todos os cultos: o xamanismo, evidentemente, mas também o budismo, o animismo, o judaísmo, o catolicismo e muitas outras crenças animistas espalhadas ao longo do litoral e da mata.

Pode parecer ousada a comparação, mas saiba o senhor, entretanto, que Cochim e Córdoba tinham entre si vários pontos em comum. E não seria impossível que o Eterno colocasse nisso algo de Sua vontade para fazer dessas metrópoles dois centros culturais judeus, situados nos extremos do mundo.

Devemos deixar claro que, entre a Cochim descoberta por Saul de Cochim, primeiro do nome, no ano 138 da era cristã, e a Cochim onde, 13 séculos mais tarde, ele ressuscitou, nenhum ser, nem mesmo um gato, poderia ter encontrado os seus filhotes. Florescente, a capitania marítima abrigava juncos chineses e japoneses, navios espanhóis e portugueses, frotas gregas e italianas, normandas e vikings. Vinha-se de todos os pontos do mundo negociar com aquele Oriente de riquezas fabulosas, cujas civilizações ultrapassavam as do Ocidente em refinamento e sutilezas.

Podemos ver como estávamos longe daquela época em que os judeus iemenitas e os keralianos faziam, entre eles, a guerra do *khat* e do bétele.

Se o *khat* acabou por constituir-se um malogro, em compensação o bétele nunca deixou de ser mascado entre as gengivas.

O nosso Saul — vigésimo nono do nome e pai do trigésimo Saul —, importante armador, herdeiro direto dos Saul do Iêmen (eles próprios descendentes dos Saul de Bucara), habitava um suntuoso palácio todo construído em mármore e madeiras de lei.

Saul, o armador, era um pequeno senhor bonachão e gorducho. Honrava a comunidade, não apenas com seus donativos em dinheiro, como também com lajes e pedras importadas de Jerusalém em seus navios. Se os enormes blocos de pedra efetivamente provinham dos alicerces do Templo, ou de alguma muralha ou coluna, em compensação estava-se menos certo quanto à origem daqueles simples pedregulhos que nada poderia distinguir de pedras de rua, comuns. Mas todas as famílias possuíam em profusão aquelas pedras. Era de bom-tom comprá-las para o dia do Pessach, do Shavuot e do Sukhot, as três festas em que se é obrigado a ir à sinagoga.

Homem de negócios hábil, sempre convidado a todas as mesas, freqüentador da nobreza, respeitador tanto das castas quanto dos ensinamentos da *Torah*, Saul, o gorducho, não coube em si de tanto assombro ao pôr no mundo — claro que com a ajuda de sua mulher — um bebê como jamais havia sido visto em Kerala, ou em Orissa, ou no Penjab, ou em Rajastan. A criança era um verdadeiro gigante talhado em formas soberbas, um daqueles Saul que o Eterno protegia e cujas mães, por mais amplas de quadris que fossem, jamais conseguiam sobreviver ao parto.

Viúvo, mas logo casado de novo, o rico armador planejava educar o filho no respeito a Deus e às pessoas. Tinha ouvido dizer, pelo rumor dos séculos, que aquele tipo de criança, difícil de criar porque abençoada pelo Eterno, não obedecia senão às idéias próprias.

No que se referia à influência divina, o pai ainda conservava algumas dúvidas sobre aquele filho. Seria ele, talvez, o messias aguardado pela comunidade desde a noite dos tempos? Seria ele o bom, o verdadeiro? Deveriam considerá-lo um menino rei ou um simples mortal? Logo teve a resposta. Quando de uma epidemia de peste que dizimou a metade das crianças, a doença passou resvalando pelo menino, sem atingi-lo. Um outro flagelo, proveniente de Bengala — desta vez, a peste bubônica —, poupou-o igualmente, enquanto três primos seus, da mesma idade, entregaram as almas.

Algum tempo mais tarde, durante um passeio de barco, Saul, o trigésimo do nome, então com a idade de 10 anos, despencou do mastro onde havia subido e foi cair sobre a ponte, entre barricas de óleo e sacos de arroz. Mas levantou-se imediatamente, intacto e sem a menor fratura ou hematoma.

Desde então, o Armador se deu conta das intenções do Eterno. A qualquer momento, Deus iria utilizar seu filho e servir-se dele para fins sagrados, só por Ele conhecidos.

Pouco tempo depois do acidente no barco, a favorita de Saul, o armador — conhecido como Saul, o gorducho —, trocou a casa de mármore e madeira de lei pelo palácio de um longínquo marajá que tinha negócios com o judeu. Com 18 anos, a indiana deixou saudades. Bela, convertida ao judaísmo, foi encontrar melhor acolhida em Bengala, do outro lado do golfo.

Foi grande a tristeza do gorducho. Começou a procurar outra amante, buscando-a sempre entre as virgens da cidade e de seus arredores. Isso lhe tomava muito tempo e energia, tantos dias e noites que, inevitavelmente, acabou por negligenciar o filho. Não vá o senhor crer que Saul, o gorducho, fosse um mau pai. Digamos que estava totalmente voltado para os sentidos e os sentimentos, e que havia entregue às mãos do Eterno a vigilância sobre o filho.

O erro de Saul, o armador, foi considerar o Eterno uma espécie de babá. Na realidade, o Eterno estava pouco ligando para a educação que dessem a Saul de Cochim, o trigésimo do nome, à medida que, o que quer que este realizasse em termos de bobagens ou de estudos, haveria de ser a cópia exata daquele Saul de Cochim, o primeiro do nome, que Ele próprio havia deixado à beira de um caminho, na terra dos Turbantes amarelos.

É claro que Saul, o trigésimo do nome, aproveitou-se das ausências do pai e da liberdade concedida por Deus para dar o seu grito de independência e fazer o que quisesse na vida. Aos 13 anos, foi construir uma cabana no mato e começou a domesticar elefantes selvagens. Com 14 retornou à cidade, passando a freqüentar bodegas suspeitas e tabernas de má fama. Bebiam-se ali leite fermentado de elefante, vinho de palmeira, vinhos gregos e chineses, e toda espécie de cerveja de cevada e de arroz. Jogava-se *go*, *mah-jong*, xadrez, apostando-se grandes somas de dinheiro. Também se lutava com punhal e iatagã*.

Aos 15 anos, abordou, à frente de um bando de malfeitores mascarados, o maior navio da frota do pai, só pelo idealismo de tal gesto. Conseguiu o pagamento de um grande resgate, o qual, depois, distribuiu entre os pobres de Cochim.

---

* Iatagã — também chamado de atagã, é um longo facão ou um sabre curto, cuja lâmina descreve uma curva em dois sentidos diferentes; é muito usado pelos muçulmanos para execuções e combates. (N. E.)

Não parou ali a procura de si mesmo por meio de diversas experiências e caprichos. Ainda outros excessos e tentativas aconteceram, o que constituía um desespero para o pai.

As pessoas mais próximas tomavam Saul por um vagabundo, um ser atormentado, opinião esta que o armador não estava muito longe de compartilhar. Mas, pelo menos, ele se agarrava ao Eterno, como quando nos agarramos a um educador ou a um policial. O Eterno, no entanto, deixava tudo andar: ainda não havia chegado o momento de entrar na luta.

Finalmente, aconteceu o dia da conversa. E o pai, aquele bom burguês de Cochim, disse ao filho:

— Já é tempo de tomar consciência de que há limites que não se devem ultrapassar. Quando eles são ultrapassados, não se pode mais retornar porque somos, então, sugados por uma força infernal que nos arrasta para o pior.

Saul de Cochim, trigésimo do nome, acabava de festejar os 16 anos. Olhou com indulgência para o pai e disse:

— Tem razão, pai. Eu sei que há muitas vidas sobre a terra e que chega uma hora em que é preciso escolher qual a melhor delas. Mas como escolher, se só conhecemos uma faceta? Como progredir, se nos contentamos em permanecer em casa, em ir à sinagoga, em fazer as nossas preces e as nossas oferendas? Diga-me, pai, como progredir, se não mudarmos nosso ambiente e nossas companhias?

Saul, o gorducho, balançou negativamente a cabeça e respondeu:

— Veja, filho: não é preciso conhecer outros lugares, quando os livros nos informam sobre as coisas e as pessoas. Creia em mim, não há nada melhor que a leitura para se conhecer as vidas de que fala. O que é que aprendeu, sendo adestrador de elefantes, que não teria aprendido nos livros?

— Aprendi a linguagem dos elefantes e a linguagem da floresta.

Seu pai interrompeu-o:

— O que me diz? Elefantes não têm linguagem. Só compreendem duas ou três palavras que lhes ensina o seu adestrador.

Saul se defendeu:

— Não se engane, pai. O elefante tem a sua linguagem, assim como a baleia tem o seu canto. Além dos barridos, os paquidermes possuem sua voz interior. É claro que obedecem ao homem, mas obedecem sobretudo aos seus próprios instintos, os quais todo bom adestrador percebe perfeitamente e dá uma direção.

— Está bem — aceitou o pai. — E o que foi que lhe ensinou a floresta?

— A floresta me ensinou muitas coisas, pai. É que, em si mesma, ela é um mundo inteiro. Um mundo secreto e ruidoso, sem piedade e selvagem, onde o homem deixa de ser senhor de si próprio. Ao húmus, ao apodrecimento embriagador, à umidade que a inunda, ao tamanho das árvores que a esmagam, ao sol que ela apenas pode divisar através das copas, às serpentes que a espreitam, aos tigres que a perseguem, aos desconhecidos que a espiam, aos espíritos errantes que a atormentam e apavoram vem se juntar o medo da noite. Veja, meu pai, na grande floresta virgem, o homem está sozinho contra todos, mas, sobretudo, está sozinho contra si mesmo. Sozinho, projetando em si os terrores que segrega e imagina. Com a floresta, aprendi a controlar a coragem diante das minhas inquietações. Que posso dizer-lhe de diferente, pai, senão que fui mordido e picado por não sei quantos animais venenosos e que eu deveria ter morrido mais de 100 vezes...

Saul, o armador, não ficou nada satisfeito com as respostas do filho. Secamente, falou:

— Não é preciso viver na floresta para conhecer os seus segredos e os seus perigos. Mas o que foi que lhe ensinaram os vagabundos que andou freqüentando?

— Ensinaram-me uma coisa, pai: que o vagabundo só ataca uma ou duas pessoas, as quais ele porá em situação difícil, algumas vezes arruinando completamente. Comparados a nós, a todos esses burgueses de Cochim, proprietários de belas casas com fachadas que dão para a rua e se debruçam sobre o mar, os vagabundos são inofensivos. Nós, que usamos escravos; nós, que vendemos nossas mercadorias por dez vezes o preço que nos custaram; nós, que pagamos nossa tripulação com apenas uma tigela de arroz; nós, que festejamos ostensivamente diante dos que têm fome; nós fazemos muito mais mal do que aquele vagabundo que rouba uma bolsa ou que vai extorquir o seu próximo.

Com o olhar febril, Saul ainda se fez mais convincente:

— Veja, meu pai. Em vez de condenar os vagabundos, melhor seria tentar compreendê-los e aceitá-los, dizendo consigo que eles têm o seu lugar na nossa sociedade. Penso sinceramente que os grandes ladrões que nós somos têm uma dívida para com essa gente, e que talvez devêssemos começar por ajustar as contas!

Saul, o gorducho, cheio de estupor, começava a descobrir o verdadeiro caráter do filho. Na verdade, e depois de refletir bem, preferia vê-lo como cornaque de elefantes selvagens, ou como vagabundo das calçadas, a vê-lo profeta. Seu filho era daquela espécie que prega a justiça e que tira dos ricos para distribuir aos pobres. Era um verdadeiro perigo público, um desses iluminados da Bíblia, do gênero de Ezequiel, ou de Isaías, sempre prontos a condenar a arrogância dos poderosos e a destacar a humildade do povo.

Saul, o armador, perguntou-se como o Eterno tinha podido escolher semelhante fenômeno no meio de toda a sua equipe de servidores. Perguntou-se, ainda, se Saul teria sido prevenido da Sua escolha, e por qual meio? Teria o Eterno se apresentado ao adolescente em Sua forma divina, ou havia adotado o princípio da revelação?

Nesse estágio da narrativa, Amos, o homem do físico bíblico, fez um parêntesis, dirigindo-se ao Estrangeiro:

— Lembro ao senhor que nós mesmos fomos advertidos acerca da nossa natureza de judeus por duas revelações sucessivas, nos anos 50.

Imediatamente, caiu em si e esclareceu:

— Nos anos 1950, evidentemente!

Aquela retificação trouxe um sorriso aos lábios do israelense. Estava ali em seu terceiro dia como ouvinte e — pondo-se de lado todo aquele milênio sacrificado — sabia ele, agora, tudo sobre os Manassés da Ásia. Por singular que pudesse parecer, a descendência estava tão bem reconstituída que ele não tinha por que ter alguma dúvida: os judeus de Aizawl originavam-se, de fato, do

Reino de Samaria, exatamente como ele próprio. Com a cor da pele diferente, eram seus irmãos de origem e haviam lutado, juntos, sobre as mesmas muralhas, contra os assírios.

Em Kalah, ou na Babilônia, cessava o seu caminho comum. Aqueles ali tinham partido para a Pérsia, para se disseminarem pela Ásia, enquanto os ancestrais dele jamais haviam abandonado a terra de Israel. Clandestinos em seu próprio país, escaparam de todas as deportações, o que não os havia impedido de agir contra o invasor da mesma maneira que os outros Manassés.

Depois de saciar a sede, Amos, o bíblico, retornou à narrativa. Todos gostavam, ali, da sua voz cálida e dos seus acentos vibrantes. E, então, calaram-se.

✡

O livro de Amos

Alguns meses decorreram ainda, de um lado ao outro do mundo. Em Cochim, ninguém sabia o que estava sendo tramado na Espanha. Da mesma forma que na Espanha ignorava-se tudo a respeito de Cochim. Com exceção de dois ou três navegadores, e dos adeptos de Maimônides, raras eram as pessoas que seriam capazes de situar Kerala num mapa. Três séculos antes, um erudito da comunidade tinha viajado até o Cairo para encontrar aquele filósofo judeu e fazer perguntas sobre a verdade ao autor do *Mishné Torá**. O encontro foi caloroso e muito bem regado a vinho tinto do vale do Bekaa, produzido pelos cruzados e trazido do Líbano.

Visionário e filósofo, humanista, médico — tanto do corpo quanto da alma —, não havia Maimônides predito: "De Cochim nos virá a luz; de Palos nos virá a escuridão!"?

Havia 300 anos que, em Cochim, todos aguardavam a realização da profecia do filósofo. Se não se estava satisfeito com a luz, que viria

---

* *Mishné Torá (O Livro da Sabedoria)*, de Maimônides (Moshe Ben Maimon) Rambam, é um compêndio de leis condensado da jurisprudência judaica, em 14 volumes, e oferece uma apresentação sistemática de todo o conteúdo da tradição judaica. Publicado no Brasil em 1992 pela Editora Imago, Rio de Janeiro. (N. E.)

de Cochim, nada se sabia sobre a calamidade de Palos, a não ser que aquele porto, situado no Mediterrâneo, orgulhava-se do seu intenso tráfego marítimo.

De Palos partiria em breve Cristóvão Colombo em busca de uma nova rota para as Índias. Mas sobre isso, em Cochim, ninguém ainda tinha ouvido falar. Veremos, dentro em pouco, como Maimônides e o Eterno chegaram a semelhante concordância de espírito, além de mundos tão diversos quanto os do céu e do mar.

Por enquanto, retornemos a Cochim, onde Saul, trigésimo do nome, tomado de grande agitação, percorria todo o bairro judeu, de um lado a outro, gritando a quem quisesse ouvir que uma imensa catástrofe estava se prepararando na Espanha.

A linguagem clara contrastava com a febre que animava o jovem. Ele explicava que, num futuro próximo, os judeus da Península Ibérica seriam expulsos de suas casas por um grande inquisidor, seu inimigo mais cruel e inflexível.

Àqueles que perguntavam:

— Qual é o seu nome?

Ele respondia:

— Seu nome é imundo e brilha na noite como uma tocha sangrenta!

Àqueles que perguntavam:

— É o rei?

Ele respondia:

— O rei age como rei: deixa que tudo aconteça e recobre o crime com o seu manto azul. Assim, esconde de si mesmo os cadáveres, que logo irão apodrecer aos milhares, tanto na Corte quanto nas ruas!

Àqueles que perguntavam:

— É a Igreja?

Ele dizia:

— A Igreja engendrou o demônio. Ela alimentou a besta humana e, no segredo das sacristias, designou-lhe o nosso povo!

Àqueles que perguntavam:

— Pode ser mais preciso?

Ele respondia:

— Que necessidade há de precisar um êxodo dessa amplitude? Os nossos preferirão morrer, aos milhares, do que se renegarem a si mesmos. Outros irão aceitar. Outros irão fugir!

A alguns que perguntavam:

— O que poderemos fazer perante tal desgraça?

Ele dizia:

— Vamos fretar navios, vamos buscar nossos irmãos, vamos oferecer-lhes hospitalidade!

Àqueles que diziam, resistindo:

— Ora, ora, Saul: esta terra em que vivemos não é nossa...

Ele respondia:

— A nossa província é imensa, o nosso rei é bom e clemente. Vou implorar a ele. Vou me pôr de joelhos e lhe direi: “Eu lhe peço, ó grande rei, acolha o nosso povo e pagaremos o imposto que for necessário!”

À simples menção da palavra imposto, aqueles que se haviam mostrado mais interessados pela proposta de Saul de Cochim, trigésimo do nome, mostraram um ar sombrio. Um deles falou:

— Como se atreve a nos fazer pagar mais imposto, quando sabe que somos sangrados como galinhas por esse mesmo rei que você pretende ser tão bom e generoso?!

Saul replicou:

— Está bem, que seja! Você será sangrado, então, como duas galinhas, mas os judeus da Espanha irão sobreviver graças à doação desse sangue. E eles trarão para você, em recompensa, a religião primitiva, da qual só possuímos uma parte. Eles lhe ensinarão o conhecimento dos textos sagrados e muitas outras sutilezas que, estranhamente, nos fazem falta.

Saul assumiu um ar malicioso e acrescentou:

— Que é isso! Pois eu não surpreendi um de vocês, ontem de manhã, saindo do templo hinduísta e recitando mantras?

Do grupo que escutava o jovem profeta partiram alguns risos e vaias. Alguém gritou:

— Você fala de si mesmo! Todos o viram sair do templo. Todos sabem que você faz sacrifícios a Vishnu e que é fascinado por Khrishna!

Aos que o tratavam de mentiroso e impostor, ele respondeu:

— De fato, todos me viram. Não faço sacrifícios a ninguém mais, senão ao Eterno. E se me acontece, às vezes, de ir a um templo hinduísta, não se trata nem de devoção nem de admiração por Khrishna, como pensam. Na verdade, só vou lá ver as moças depositarem as suas oferendas. Gosto dos gestos graciosos que elas fazem, da sua beleza serena, dos tecidos drapeados que usam como se fossem rainhas, assim como amo a beleza de tudo que é efêmero, quando o vento, ou o rio levam a flor, a folha, o fruto, o grão de arroz, reunidos entre dois ramos de salgueiro trançado. Ora, meus amigos, quem poderia me reprovar por amar as mulheres e por me maravilhar com uma pétala de lótus seguindo à deriva em direção ao centro do lago?...

Ninguém levava Saul muito a sério. Ele tinha maus modos, um passado sobrecarregado e que não depunha nada em seu favor. Na verdade, a estatura daquele profeta, sua envergadura, o seu encanto bruto impressionavam mais ainda do que as suas predições. Aonde quer que ele fosse, entre os rapazes de sua idade ou os sacerdotes, na companhia do seu pai ou dos ricos amigos deste, todos lhe manifestavam o seu desdém e todos lhe falavam, mais ou menos, assim:

— Você nos anuncia piores tempos para esses judeus da Espanha que estariam correndo perigo, segundo você. Mas quem nos garante que não é esta mais uma das suas invenções?

E Saul respondia:

— Essa incredulidade é que me aflige. Em vez de acreditarem na minha palavra, já que ela me é ditada pelo Eterno, preferem esperar que se produza a catástrofe anunciada. Estão todos surdos e cegos. Fazem a mesma coisa que a avestruz e a toupeira, preferindo encerrarem-se em suas certezas e sinagogas a abrirem os corações e as carteiras!

— Que provas tem disso? E que provas já nos deu dos seus dons de adivinhação? E quem nos garante que o Eterno esteja com você?

Detestando aquela lógica dos adultos, Saul se encolerizou:

— Vocês estão me provocando para uma briga séria. Até aqui, lembro a todos, jamais profetizei sobre o que quer que fosse. Saibam, entretanto, que para tudo existe um começo e que todos que pronunciam oráculos, no princípio, são tomados por charlatães. Vejam, fiquem certos de que a minha maior vontade seria dar-lhes razão. Infelizmente, não posso duvidar da mensagem de Deus, já que a carrego comigo como uma chama a arder em minha garganta. É por isso que peço a todos para imaginarem o que aconteceria à nossa Cochim de Malabar, se fizéssemos vir para junto de nós os judeus de Granada e de Córdoba, de Toledo e de Alicante! Não se tornaria Cochim uma nova Jerusalém, liberta para sempre dos gregos e dos romanos, dos cruzados e dos mamelucos?

Sempre havia alguém para dizer:

— E o que faz com os indianos? São santinhos para você? Crê verdadeiramente que iriam aceitar os judeus, esses impuros, essa gente sem casta e sem princípios?

— O nosso exemplo não será o mais convincente? Já presenciou algum choque entre os brâmanes e nós?

— Mas, evidentemente, somos uma minoria. Faça então virem os seus irmãos da Espanha, e depois falaremos sobre isso.

Sem se deixar desencorajar, Saul respondia:

— Mesmo que fôssemos 300 ou 400 mil estabelecidos na província, esse número pareceria irrisório comparado à multidão indiana. Mas a você, e a todos que pensam como você, gostaria de dizer o seguinte: o anti-semitismo não se pega de repente, feito uma gripe ou uma doença do fígado. O anti-semitismo é resultado de uma lição milenar. Existem escolas de anti-semitismo, assim como existem as escolas talmúdicas. Ora, é claro que nem sempre as suas portas dão para a rua, mas lá se aprende a odiar os judeus, assim como se aprendem a harpa ou a cítara, o tiro ao arco ou o manejo da espada. E, para que a lição seja melhor ouvida no mais profundo do ser — lá onde se esconde a fera —, age-se por meio de toques sobre o consciente e o subconsciente das pessoas. Semeia-se o embaraço que se colherá mais tarde, na tempestade. Isto é para lhes mostrar, meus amigos, que os nossos anfitriões indianos em nada nos oferecem risco, pois até agora ninguém, aqui, abriu alguma dessas escolas!

Amos, o bíblico, fez uma pausa, fazendo um aparte ao Estrangeiro:

— Não sei o que o senhor pensa a esse respeito, mas sinto uma admiração sem limites por Saul de Cochim, trigésimo do nome.

A isto, o Estrangeiro manifestou o que sentia:

— Sou inteiramente da mesma opinião. Gosto de Saul porque ele é desajeitado. Sabemos, é claro, que Moisés era gago, e que era seu irmão Aarão quem transmitia, com seus próprios lábios, as mensagens que Moisés queria dirigir ao povo.

Apreciando aquelas palavras, Amos fechou o parêntesis e retomou o Livro:

✡

O livro de Amos

Apesar de habitado pelo Eterno, a Saul faltavam a graça e a capacidade de persuasão. Por mais que se diga que só pela vontade de Deus ele era assim, não se pode deixar de reclamar dessa injustiça. De fato, quanto mais passavam os dias, menos ele conseguia mobilizar a comunidade de Cochim em favor dos judeus da Espanha. Devemos dizer que as convulsões anunciadas pelo jovem ainda não se haviam produzido. Entretanto, muitos judeus espanhóis, advertidos por algum augúrio ou sinal, já começavam a deixar o país, uns em direção a Magreb, outros para Trebizonda e Constantinopla. Ora, eis que Saul de Cochim lançava um novo alerta formal a respeito desta última cidade. Suas fontes provinham do próprio *Elohim*, e ele aconselhava que os recém-chegados evitassem a colina de Pera e o bairro de Gálata, onde aconteciam terríveis levantes alimentados pelos otomanos contra os rabínicos, que eram partidários das escolas talmúdicas babilônicas, e contra os karaítas, que seguiam os ensinamentos da escola de Jerusalém.

Se a gravidade dos fatos revelou-se exata, devemos perdoar os judeus de Cochim — abordados em plena rua — pela sua passividade e o seu desinteresse pelos judeus de Constantinopla. Aquilo era demais, demais da conta. Com ou sem *Elohim*, o aprendiz de profeta foi obrigado a cessar com aqueles delírios, sob pena de ser expulso da cidade.

Obcecado, tanto pela aventura quanto pelo Eterno, o jovem e ardente Saul cada vez mais parecia-se, traço por traço, com aquele ancestral abandonado, 13 séculos antes, à beira de um caminho, na terra dos Turbantes amarelos. Seria ele a sua emanação, ou a sua ressurreição em carne e osso? Ninguém tinha condições de se pronunciar sobre isso. O fato é que Saul de Cochim, trigésimo do nome, embarcou para o Egito em um navio pertencente a seu pai.

O Egito era apenas uma primeira etapa. De Alexandria ele chegaria a Cádiz ou a Sevilha. Já que os judeus de Cochim se recusavam a socorrer os judeus da Espanha, ele convidaria estes últimos a virem em massa para o seu país. Pensava que saberia como convencê-los, como encontrar as palavras e as imagens a que ninguém poderia resistir.

No momento, Saul não se preocupava senão com o passar do tempo. Estava se engajando numa corrida de vida ou morte contra o relógio lunar, e esperava ganhar a aposta.

Durante toda a travessia do oceano Índico, e até o norte do mar Vermelho, Saul se exercitou na arte da navegação. Aprendeu a içar e baixar as velas segundo os caprichos do vento ou das ondas.

Em tempo agitado, aprendeu como combater o balanço lateral e o de popa, colando-se ao barco até poder acompanhar os seus menores movimentos e estremecimentos.

A bordo, soube se fazer útil, sendo ora grumete, ora fazendo a guarda, ora ao leme, ora como vigia, pendurado, lá em cima, ao grande mastro. Também foi visto na cozinha descascando legumes e mexendo nas panelas. Quando por duas vezes o barco foi atacado, ele lutou com coragem nunca vista, matando e ferindo mortalmente cerca de uma dezena de piratas.

Para ele abater alguém não tinha necessidade de porrete, seus punhos lhe bastavam. Era também hábil em dar cabeçadas. E, ao tempo em que a testa e os punhos já se encontravam batendo, aplicar um belo golpe com o joelho, em plena região do baixo ventre, fazia o resto.

Como todos os homens fortes, seguros de sua força, Saul esperava ser agredido para depois reagir.

Praticamente todo dia ele se envolvia em rixas a bordo. Por um nada, uma inveja, um descontrole de nervos, um boato, um gesto fora de hora, uma palavra atravessada, tudo era motivo de confronto. Cada viagem para o Egito dizimava um pouco mais a tripulação. Às confusões, aos ataques piratas, às epidemias, às febres estranhas, ao escorbuto, aos acidentes acrescentavam-se os ajustes de contas mortais entre homens de etnias e religiões diversas. Difícil era punir os culpados, pois de clã para clã reinava a lei do silêncio, que, por outro lado, era a única coisa que constituía um acordo entre as pessoas.

Precisando de homens em forma, o navio de Saul atracou no golfo de Áden, onde embarcaram cerca de 30 marinheiros iemenitas. Era gente de aparência feroz, com uma das bochechas permanentemente inchada, cheia de folhas de *khat*, fazendo pensar que sofriam todos de abcessos dentários.

Infringindo as ordens do comandante, cada um deles subiu a bordo trazendo a sua plantinha, decidido a regá-la durante toda a travessia do mar Vermelho.

Antigamente, os Saul do Iêmen exportavam aqueles mesmos arbustos para as costas da Índia.

Daqueles antepassados descendia diretamente Saul de Cochim, primeiro do nome, e Saul de Cochim, trigésimo do nome, o mesmo e único personagem, pois assim havia decidido o Eterno.

De Áden até a Arábia, onde os muezzines cantavam à glória de Alá, o grande veleiro, carregado de especiarias e sementes, tecidos de Madras e *batiks* da Malásia, subiu lentamente até a Núbia, onde fez uma parada. A falta de vento e a de entusiasmo haviam-no atrasado consideravelmente.

Saul, mais determinado do que nunca, temendo chegar demasiadamente tarde à Espanha para ali poder salvar seus irmãos, vítimas de Isabel, a Católica, e Fernando de Aragão, seguiu uma caravana que partia para Assuã, pelo Nilo.

Assuã e Elefantina deixaram-no profundamente perturbado. Se, por um lado, sensibilizou-se diante da beleza das ruínas milenares da ilha de Philae, que aflorou com seus remos, ficou, por outro, ainda mais impressionado quando lhe voltaram à lembrança as páginas do livro dos judeus que celebravam a temeridade e o heroísmo dos gêmeos David e Saul.

Fascinados por Alexandre, o Grande, ambos tinham formado a cavalaria judaica, engajando-se ao lado do macedônio, antes de se voltarem contra a autoridade dele. E, tal como Saul agora, eles haviam sido encarregados de uma missão divina, a qual Deus não podia empreender pessoalmente.

Subindo o Nilo em direção a Alexandria, de onde esperava embarcar para a Andaluzia, Saul dizia consigo, não sem orgulho, que também ele era um intermediário entre o Eterno e o seu povo.

Em Alexandria foi imensa a desilusão do jovem. Por mais que exortasse os responsáveis pela maior comunidade judaica do Oriente a acolherem seus irmãos da Espanha, suportou recusa após recusa: "Por que haveríamos de aceitar outros irmãos entre nós, quando estamos aqui constantemente em guarda e expostos à violência!"

Para Saul, muito pior do que a rejeição dos outros, por razões de segurança, foi constatar que ninguém em Alexandria reagia ao sinal dos Manassés. Para melhor fazer-se ouvir pelos sacerdotes e os eruditos, muitas vezes desnudava o ombro, na esperança de que alguém, trazendo ao ombro também uma marca igual àquela, fosse capaz de compreendê-lo.

Olhavam para ele com surpresa, espantados com a facilidade com que aquele jovem iluminado tirava a camisa por qualquer motivo.

Sua tatuagem em aramaico não suscitava a menor reação, por isso ele achava da maior importância justificá-la, contando a quem quisesse ouvir as façanhas do vingador de Israel.

Manifestamente, os judeus de Alexandria, que aliás freqüentavam a maior e mais rica biblioteca do mundo, não sabiam nada mais sobre os Manassés.

Consternado, tomado de uma infinita tristeza, Saul deixou a cidade, embarcando no primeiro barco que partia para Cádiz.

Amos, o bíblico, suspendeu por um instante sua narrativa e observou:

— Este é um ponto da maior importância: realmente, somente os Manassés de Cochim, não sei por qual milagre, conservaram o sinal por mais de 1.000 anos. Ele não se encontra em nenhuma parte do mundo, nem mesmo na Ásia Central, onde os Manassés se tornaram ilustres, como já vimos, ao longo das páginas do nosso Livro. É claro que se impõe a explicação que demos antes: a terra de Israel, conquistada pelos árabes, depois pelos francos, retomada pelos mamelucos, depois pelos otomanos, e que, pelo que se acreditava, havia sido perdida para sempre, não necessitava mais que facções judaicas atuantes a disputassem. Assim, por si mesma, a seita dos Manassés extinguiu-se, ela que por tanto tempo pregou a justiça e a vingança contra os carrascos assírios e babilônios.

Sobreviveu somente o sinal em Cochim de Kerala, embora ele tenha desaparecido com Saul de Cochim, o trigésimo do nome e o último de uma dinastia lendária.

Foi quando aconteceu algo que o rabino e os narradores, agrupados na sinagoga de Aizawl, não esperavam de forma alguma.

De repente, seu hóspede israelense desabotoou a camisa e mostrou seu ombro, deixando ver ali o sinal dos Manassés esplendidamente tatuado na pele.

Houve, então, um momento sufocante, como se a assistência se estrangulasse de tanta surpresa. Depois, de repente, partiu de um dos bancos um sonoro shalom *seguido de um burburinho confuso e uma cascata de "bravos".*

Passada a agitação, o Estrangeiro falou:

— Pois bem... não, os Manassés não foram extintos com Saul de Cochim. Eles ressurgiram na Palestina, quando ela estava sob o domínio inglês. Havia deles em Irgun e em Hagana.

"Mais tarde ainda, um deles — meu pai — participou na Argentina da captura de Eichmann. Foi ele que legou-me este sinal. Tenho certeza de que o honrei diversas vezes."

Aquela revelação era tão importante que agora reinava, na sinagoga, uma extrema tensão. Os ouvintes esperavam por outras revelações. E aquele que falava não os decepcionou.

— Sou o último dos Saul, pois Saul é o meu nome.

Interrompendo rapidamente a estupefação, ele logo acrescentou:

— A minha pesquisa sobre os Manassés — trabalho que comecei há mais de 20 anos — convenceu-me de uma coisa: com exceção das comunidades do Mizoram e de Manipur, onde, portanto, não se pratica nem o sinal nem a vingança, nenhum outro centro judeu pode reivindicar essa prodigiosa descendência.

"Se o meu país me enviou até vocês, não foi apenas para ouvi-los e observá-los, mas também para organizar de forma conveniente o retorno de vocês à Terra Prometida."

Ao espanto sucedeu-se, então, um rumor indescritível. Todos se beijavam, se abraçavam e louvava-se Elohim. *E cada um, por sua vez, veio tocar o ombro do último Saul.*

Ao cabo de um momento, o Estrangeiro pediu que se fizesse silêncio e disse:

— Compreendo a satisfação de vocês em finalmente serem reconhecidos como judeus pelo Estado de Israel. Espero que na sua alegria todos compreendam a minha impaciência em aprender ainda mais sobre Saul de Cochim, o trigésimo do nome. Devo dizer-lhes que não pude encontrar nenhum documento que se referisse a ele? Entretanto, Deus sabe que vasculhei centenas de bibliotecas, de uma ponta à outra do mundo, inclusive a de Alexandria, onde ainda se podem encontrar milhares de tabuinhas e de pergaminhos provenientes da coleção pessoal de Assurbanipal, o assírio, que um dos seus Saul, um famoso erudito, sabotou, enchendo-a de falsificações.

À evocação de Saul, o erudito, um dos heróis preferidos deles, todos ergueram os olhos para o céu.

O Estrangeiro, então, já mais relaxado por ter revelado seu segredo, retomou a palavra:

— O Saul de vocês não é, portanto, desconhecido. Se não pude encontrar nenhum escrito a respeito dele, foi-me possível seguir, entretanto, sua pista. Mais tarde veremos, se as circunstâncias nos forem favoráveis, por qual estranho acaso as coisas da vida se cruzam e amarram os nossos destinos.

Ainda atordoada pela revelação anterior, a assistência pouco prestava atenção àquelas palavras.

O Estrangeiro interpelou Amos, dizendo:

— Então, onde é que tínhamos ficado? Saul ainda continua no mar?

— Fique tranqüilo. Ele chega à terra e se prepara para desembarcar. O que vê de refugiados, os gritos que ouve, os incêndios que conta, tudo lhe faz crer que o reino de Granada, derradeiro centro mouro da Andaluzia, caiu nas mãos de Isabel, a Católica.

Amos faz um gesto que parece voltar ao livro e retoma sua narração com a bela voz que tem.

✡

O livro de Amos

Em Cádiz, onde desembarcou, Saul de Cochim, trigésimo do nome, viu suas esperanças se desvanecerem em fumaça. O sonho de salvar os judeus da Espanha tornou-se um pesadelo. Multidões atarantadas precipitavam-se para o porto, procurando embarcar de qualquer maneira.

Aos mouros, que não combatiam ou porque fossem muito velhos ou muito jovens, misturavam-se os camponeses que haviam descido às pressas das montanhas em volta.

Continuamente chegavam de Granada, distante dali cerca de 10 dias a cavalo, carroças repletas de famílias amontoadas: árabes, berberes, levantinas, cipriotas, toda espécie de população que até então havia sido protegida pelos mouros, e sem outra alternativa senão a de fugir ou ser trespassada pela espada de um exército cristão ébrio de suas vitórias.

Os refugiados corriam para todos os lados e em todos os sentidos. E no meio deles, e ainda mais apavorados, centenas e centenas de judeus de todas as condições. Eles afluíam empurrando as crianças na frente, achando que dessa forma inspirariam piedade àqueles verdadeiros cérberos negociando com suas barcaças, cobrando caríssimo pela travessia até Magreb.

O golfo de Cádiz estava negro de tantas embarcações em condições duvidáveis: canoas, cascas de noz, pequenos veleiros e falucas. Tudo servia para chispar dali.

Vendo um grupo de religiosos jovens que traziam consigo a *Torah* e outras relíquias preciosas, Saul abordou-os em mau espanhol:

— Para onde correm assim, meus amigos? Não fujam para qualquer lugar, não há outra terra melhor para vocês do que a minha. Lá vive um grande número de judeus em harmonia com a natureza e com outros povos.

— E onde fica essa terra, meu irmão?

— Na Índia, em Kerala. Venham! Estão esperando lá por vocês!

Um dos jovens se tornou ferino:

— Vivíamos assim como você fala, em Granada, em harmonia com a natureza e com os outros povos. E eis agora o que está acontecendo! A debandada, o exílio ou a conversão forçada! Não, muito grato. Essa pretensa tolerância nós já a tivemos!

Saul correu atrás deles e os alcançou:

— Estou falando a verdade! Estamos esperando por vocês! Meu pai possui uma frota de 60 navios, e um deles está atracado no Egito, no mar Vermelho. Outro virá no mês que vem.

Um daqueles religiosos olhou para ele com curiosidade e perguntou:

— Quem é você? O que está fazendo aqui?

Tomado de surpresa, lançado pelo Eterno, Saul achou bom agarrar-se a Ele. Respondeu:

— Eu sou um enviado de *Elohim*.

— É isso — replicou o outro. — E eu, eu sou Isabel, a Católica!

— E eu, eu sou Torquemada — exclamou o religioso que protegia a *Torah* debaixo de um xale de orações.

Dessa vez, Saul os seguiu de um pouco mais longe. Viu-os penetrarem na multidão das pessoas que pediam para embarcar. Discutiram nervosamente, mas não conseguiram o que pretendiam: o barqueiro exigia uma soma que não podiam pagar.

Negociaram em outro lugar a sua passagem para as costas de Magreb, em latim, em berbere, sem que obtivessem ganho de causa.

Empurrado pela multidão, Saul conseguiu aproximar-se do grupo com muita dificuldade. Alcançando-os, falou:

— Já que essa gente não aceita o pouco dinheiro de vocês, então peguem o meu.

Achando que aquelas eram palavras da boca para fora, os religiosos não lhe deram atenção. Então, Saul retirou de sua bolsa duas moedas de ouro e as estendeu para eles.

O homem da *Torah* pegou-as e avaliou seu peso. Examinou-as uma sobre a outra, de frente, de lado. Em seguida perguntou:

— Que dinheiro é este?

Encantado por finalmente ser levado a sério, Saul respondeu:

— São dinares, uma moeda da minha terra.

— E valem quanto?

— Muito mais do que tudo o que vocês têm.

Nada constrangido, mas, ao contrário, muito interessado, um deles perguntou:

— O que isso quer dizer?

— Bem, com uma só dessas moedas, de 150 dinares, de ouro puro de 14 quilates, vocês podem comprar dois elefantes e os seus cornaques, ou então uma plantação de cocos tão vasta quanto este porto. Ou ainda uma casa de oito cômodos e sua plantação de arroz.

Atônico com o gesto e aquelas compras mirabolantes, o homem da *Torah* perguntou:

— E por que você tem todo esse dinheiro?

— Eu lhes disse há pouco: meu pai é rico, e só depende de vocês partir para a minha terra.

Saul desafiou o religioso, dizendo:

— Se eu acrescentar mais duas moedas de ouro às que vocês já têm dentro da mão fechada, pois bem, terão como pagar a passagem para Cochim.

Um tanto perturbados, os religiosos combinaram entre si, e depois um deles voltou-se, perguntando:

— É verdade que teremos como pagar as seis passagens?

— Claro, seis, e até sete.

Sacudidos pela maré humana que crescia de minuto a minuto, os jovens se juntaram e conversaram novamente.

Ao término da discussão, o chefe do grupo anunciou:

— De acordo! Mas existe algum rabino, alguma *yeshivá* no seu país?

Entregando as duas outras moedas de ouro, Saul respondeu:

— É claro que existem rabinos em Cochim, escolas talmúdicas e sinagogas, como em Córdoba e em Granada. É claro que o nosso ensino não é muito ortodoxo, e é por isso que a nossa comunidade irá acolhê-los como benfeitores, pois precisamos de homens esclarecidos como vocês.

— Então, o que devemos fazer? Como proceder para ir para a Índia?

Saul resolveu arriscar tudo. Se conseguisse fazer com que aqueles religiosos partissem para Cochim, a missão de que se acreditava incumbido ganharia sentido. Evidentemente, nada lhe provava que o navio em que havia chegado à terra, em Hurghada, estivesse ainda atracado no porto. Apesar de tudo, ele os convidou a embarcarem imediatamente para o Delta do Nilo, de onde chegariam facilmente ao mar Vermelho.

— E quem nos garante que o navio do seu pai ainda vai estar lá? — perguntou um deles.

— Não se preocupem com isso! A toda lua meu pai envia um navio a Hurghada.

— E do que iremos viver, se tivermos de esperar 28 dias?

Saul deu de ombros, dizendo:

— Não me tomem por algum Creso! O mar Vermelho pulula de peixes comestíveis, peixes de escamas!

Tímido e contrariado, o mais moço dos religiosos, que pouco antes havia passado pelo *bar-mitsvá*, perguntou:

— Não seria mais interessante para nós exilarmo-nos em Alexandria do que empreender uma viagem dessas?

Gentilmente, Saul contrapôs:

— O dinheiro que estou dando vale até o destino que lhes propus. É ele que vale esse preço. E, no final desse destino, será o seu próprio que se realizará!

Os outros concordaram, e Saul acrescentou:

— Vejam bem: em Alexandria, dentro de pouco tempo só permanecerão os levantinos de sangue puro. Os demais, judeus e bastardos, deverão buscar asilo em outro lugar.

O mais velho arriscou:

— Tem certeza de que não acontecerá o mesmo em seu país?

— Tenho, porque lá não existe anti-semitismo, assim como não existe anti-hinduísmo entre os judeus de Cochim. Creiam-me, nós vivemos em bom entendimento com nossos vizinhos. E cada qual, de seu lado, exerce o seu culto.

O religioso hesitou por um momento, depois disse:

— Custo a acreditar no que está dizendo. Você nos pinta um quadro de seu país demasiadamente idílico.

— Não era idílico, também, em Córdoba e Granada? — perguntou Saul.

— Muito menos do que se acredita. Aparentemente, tudo ia bem. Mas, na verdade, espetavam-nos os pés, e, no fim, penduravam-nos pelo pescoço. Não sei quem inventou e espalhou esse mito fraternal e cultural de Córdoba. Os próprios mouros? Ou algum judeu pago por eles? De qualquer modo, em Córdoba e em Granada, quase nada tínhamos em comum com os mouros. Quando uns diziam "branco", os outros diziam "preto"!

Saul cortou:

— O homem engendra sempre o seu contrário. Não foi o rico que criou o pobre? Não foi o homem quem criou Deus, para que Deus, por sua vez, criasse o homem? O homem não criou a ciência para que ela, por sua vez, refutasse Deus? Não foi o judaísmo que criou o catolicismo? Não foram os reis da Judéia que criaram o caos para que, por sua vez, das trevas jorrasse a luz?

Com inquietação, o mais velho perguntou:

— Está falando de Jesus?

— Não, estou falando dos profetas da Bíblia.

O jovem que recentemente tinha feito o *bar-mitsvá* interveio:

— É muito fácil descobrir quem engendrou o seu contrário e por quê. Não se diz que para as tempestades Pitágoras inventou o pára-raios? Não se diz que foram as feridas de guerra que inventaram os cirurgiões? E que nós próprios, para nos protegermos da chuva, inventamos os guarda-chuvas? E para nos proteger do sol, os guarda-sóis? E do vento, os quebra-ventos?

Com pressa de acabar com aquilo e embarcar para o Egito, um dos companheiros o repreendeu:

— Contra os falastrões assim como você, eu invento o silêncio e tapo as minhas orelhas.

Voltando-se para Saul, disse:

— Bom, já é tempo de partirmos para a Índia. E devemos agradecer-lhe, pois tornou-se o nosso gênio bom. Mas, diga-me uma coisa: a quem devemos procurar ao chegarmos a Cochim?

— Procurem por Saul, o armador, ou Saul, o gorducho. É conhecido por esses dois nomes. E não se esqueçam de lhe dar notícias de seu filho. Digam-lhe que, quando os salvou das forças católicas e os cobriu de ouro, ele agiu como um manassé.

— Então, você é um manassé? — perguntou o mais velho, subitamente interessado.

— Sou um manassé, e sempre fui manassé nas minhas existências anteriores.

— Tem o sinal?

— Que sabe do sinal? Ninguém, além de mim, o tem!

— Engana-se. Meu pai se orgulha de possuí-lo. E eu não sei por quê, aliás, pois a sua situação não tem nada de invejável.

Com surpresa, Saul perguntou:

— Seu pai é um manassé? Mas onde está ele? O que faz?

O outro, empurrado pela multidão, arrastado pela corrente humana, só teve tempo de responder:

— Se for a Granada, procura a Casa Roja. É uma casa de tolerância. Sem dúvida, irá encontrar lá o meu pai!

Saul não tirou os olhos dos seus amigos. Seguiu-os por um bom tempo e pôde vê-los negociar as passagens com o mestre de um veleiro.

Amos interrompeu a narrativa e confidenciou:

— Saul não duvidava do poder do dinheiro. Aliás, havia roubado do pai aquelas moedas. Tinha moedas de todo tipo: escudos, douros espanhóis, rúpias, moedas gregas, judaicas e romanas, persas e chinesas.

"Ele duvidava, sim, mas dos homens. Não estava certo de que aqueles religiosos fossem mesmo tomar o caminho de Cochim, e quanto mais pensava nisso, mais dizia consigo que aqueles jovens haviam troçado dele.

"Na realidade, a dúvida de Saul era da sua fé em convencer os outros. Ao oferecer o seu ouro, não havia se tornado uma espécie de mercador do Templo às avessas? Um mercador do Templo que teria distribuído gratuitamente as suas bíblias e as suas relíquias.

"Entristeceu-se. Mesmo assim, foi até Granada, que se esvaziava de seus mouros e judeus, ao passo que na cidade penetravam as forças cristãs e onde Torquemada, o Monstro, conclamava todos à morte. Mas revelemos, assim mesmo, o que Saul cedo ou tarde ficará sabendo: aqueles religiosos não o traíram. Desembarcaram na Índia, onde foram acolhidos e mimados como filhos pródigos."

Ao final do parêntesis, Amos retomou o Livro.

O livro de Amos

Todos os caminhos que levavam de Granada a Cádiz estavam negros de tanta gente. E toda essa gente descia em direção ao mar, uns a pé, outros a cavalo ou em carroças.

Burgueses, artesãos, operários, judeus e mouros tomavam, desta vez, um mesmo caminho. Os mouros apenas retornavam à sua terra de origem, de onde alguns séculos mais cedo haviam partido para invadir e conquistar a Andaluzia.

Quanto aos judeus, o caso era outro... A maior parte seguia, ao acaso, para buscar a sorte em Portugal, na França, na Argélia, na Tunísia, e no Marrocos de hoje. Ali, dizia-se que já se podiam encontrar algumas comunidades judias prosperando sob a proteção dos sultões.

Acampando em *riads* vizinhos e em *medinas* dos muçulmanos, os judeus constituíram os seus próprios bairros. Ao cair da noite, a fim de evitar disputas entre os habitantes dos *mellahs* e os das *medinas*, acorrentavam-se os pesados portões que fechavam as muralhas. Assim viviam os judeus de Magreb. Eles falavam árabe, tinham nomes árabes, vestiam-se e se alimentavam à moda dos mouros; apenas a religião os diferenciava. Mas não lamentemos os judeus de Magreb. Em

Córdoba, em Granada, em Constantinopla, em Alexandria, assim como em toda parte, os judeus eram confinados num gueto reservado para isso. Assim era mais fácil garantir a sua segurança. E também mais fácil surpreendê-los de assalto enquanto dormiam e expulsá-los, quando assim fosse desejável, com total impunidade, para o outro lado das muralhas de cor ocre.

Amos não pôde se impedir de acrescentar:

— É preciso parar, de uma vez por todas, de dizer e repetir, tal numa litania, que os judeus e árabes de antigamente se entendiam às maravilhas e viviam em harmonia. Isso é falso!

Ao israelense, que o escutava, ele perguntou:

— Os árabes de Israel consideram vocês irmãos?

O Estrangeiro respondeu:

— Não, não nos consideram. Vivem a vida deles, sem se preocuparem conosco.

— Se me permite: como vocês os consideram?

— Nós os vemos como se fossem sombras. Sabemos que eles estão ali, mas não os enxergamos. Entre eles e nós estabeleceu-se uma frágil tolerância. Se um deles se mexer, ou assassinar, ou colocar uma bomba, será Israel inteira que explodirá.

— Vejamos, os árabes de Israel sustentam, mesmo assim, seus irmãos da Palestina?

— Os jovens tomam a sua posição, e o fazem saber. Ainda não estão atirando pedras. Quanto aos seus parentes, eles desconfiam desses vizinhos muito barulhentos e violentos. Secretamente, desejam um país para eles. Mas não mostram a menor vontade de deixar Israel. Na nossa terra — disse o Estrangeiro, recompondo-se — eles têm um trabalho, uma situação invejável. Do outro lado, na Palestina, seria preciso recomeçar tudo novamente.

Amos perguntou:

— Então eles se aburguesaram?

— Não, nós fizemos com que adormecessem!

Amos tinha muita dificuldade para imaginar a Terra prometida de outra forma senão como uma terra bíblica. Ingenuamente, perguntou:

— Os seus palestinos são poucos?

— De jeito nenhum — respondeu o Estrangeiro. — São quase um milhão.

Amos ficou estupefato:

— Um milhão? O senhor quer dizer que há um milhão de árabes dentro de Israel?

— Sim, Amos, talvez um pouco menos, ou talvez um pouco mais... Mas, veja bem: pouco a pouco estão formando um país novo e se separando de Israel.

Perplexo, Amos perguntou:

— Se são tantos como o senhor diz, por que nunca se fala sobre eles?

— Ora — retomou o Estrangeiro. — Fala-se sobre eles sim, muito. Aliás, só se fala neles.

Amos custou para retomar sua narrativa. Alguma coisa o estava deixando contrariado. Ao final de um momento, ele se explicou:

— O senhor sabe, não tenho certeza se desejo habitar em Israel junto com todos esses árabes...

A essas palavras, toda a sinagoga se pôs a vibrar. Um estranho estremecimento percorreu toda a assistência. Depois, uma mulher, Anath, levantou-se e exclamou:

— Fale por você somente, Amos! Nós, nós desejamos retornar à Terra prometida, com ou sem os árabes, na guerra ou na paz!

Anath foi aplaudida, e Amos, vaiado ruidosamente.

Amos, confuso, fez o gesto de se curvar sobre o Livro e deu início a um novo capítulo.

CAPÍTULO 5

Em que se sabe das desventuras de Saul de Cochim, trigésimo do nome.

No dia 30 de julho de 1492, o judeu indiano é preso num bar suspeito de Palos e arrastado até Cristóvão Colombo por seus capatazes.

No dia 3 de agosto, em plena Inquisição, a nau Santa Maria *levanta âncora e solta as amarras em direção às Índias, tomando uma nova rota marítima.*

Neste capítulo fica-se sabendo que, após longa e movimentada viagem, a nau Santa Maria, *finalmente, chega em terra.*

Satisfeito com o seu promontório e os seus cálculos, Cristóvão Colombo desembarca, certo de estar pisando em solo da Índia.

Mas Saul mostra-se categórico: não se trata das Índias, mas sim de um outro continente, pois das Índias ele conhece muito bem as cores e o perfume.

Ébrio diante daquela descoberta devida ao acaso, o navegador promete a Saul de Cochim interceder junto ao rei em favor dos judeus da Espanha...

O livro de Amos

Em Granada, cidade da qual toda a população desertou, porém da qual ainda exalava o mau cheiro dos cadáveres putrefatos, Saul se dirigiu à Casa Roja.

Reduzida a cinzas, a casa de tolerância só existia agora na lembrança de alguns mercenários.

Sabendo que o manassé a quem procurava se havia deslocado para Palos a fim de instalar um outro estabelecimento, Saul seguiu para lá. Cavalgou durante dias e dias, indo de vale em vale, acompanhado, em sua corrida, apenas pelos cumes nevados da Sierra Nevada e da Sierra de Segura. Ia de sinagogas incendiadas aqui, até mesquitas destruídas ali. Detinha-se, sempre que necessário, para encorajar judeus vagando desamparados pela montanha. E a todos ele aconselhava que embarcassem para Cochim, cujas vantagens e belezas elogiava.

E a todos entregava documentos, assinados por ele, permitindo-lhes embarcar gratuitamente nos navios de seu pai, que se encontravam ancorados no mar Vermelho.

Sem exagero, Saul, em apenas alguns dias, entregou milhares daqueles bilhetes, salvando assim da depressão 435 famílias, que conseguiram chegar a Cochim após muitas desditas.

Digamos de uma vez: Saul, o gorducho, mostrou-se à altura de tudo aquilo e não causou nenhum sofrimento ao filho. Todo judeu que chegava a Cochim, a comunidade imediatamente se encarregava dele, ajudando-o em todos os assuntos morais e materiais.

Diante de tal solidariedade e de um tal triunfo, os notáveis de Cochim acabaram por reconhecer em Saul, trigésimo do nome, uma excepcional dimensão humana. Lamentaram terem-no maltratado e troçado dele. Tomados pelo remorso, esforçaram-se por avisá-lo de que haviam mudado de opinião, através de calorosas mensagens enviadas ao Deus dará. Nenhuma delas, é claro, chegou até o profeta, que então percorria a Espanha.

Tão inatingível quanto imprevisível, sempre guiado pelo Eterno, Saul chegou, finalmente, a Palos, onde travou conhecimento com Salomon de Toloso, em sua Casa Roja.

O estabelecimento, sucursal da outra casa em Granada, pululava de marujos de todo tipo e de todos os países, aos quais se misturavam soldados e oficiais das tropas católicas.

As mulheres — uma centena delas —, em sua maior parte belas e sólidas castelhanas, eram secundadas por uma "mão-de-obra" ocasional: encontravam-se ali mouriscas, portuguesas, sardas, maltesas e algumas cartaginesas de Múrcia e das mesetas da Mancha. A casa recusava pensionistas judias. Astuto, Salomon espalhou um boato segundo o qual as judias portavam um germe infeccioso, de origem genética, capaz de contaminar qualquer bom cristão.

A eficaz mentira de Salomon dissuadia o maior número de homens e evitava os estupros. Em suma, aquele dono de bordel encontrou, assim, uma maneira para não atrair sobre si os raios de *Elohim*.

Saul se perguntava como um manassé tinha conseguido chegar ao ponto de dirigir uma casa daquelas. Seria ela um disfarce para ações clandestinas contra os inquisidores?

Ele também procurava compreender algo ainda mais estranho: o que o teria levado, a ele, o trigésimo com seu nome, a ir de cavalo até Palos, para encontrar ali o pai de um religioso que mal havia conhecido? Estaria acreditando que era o último dos Manassés? Seria aquela história simplesmente uma história curiosa? Ou responderia a algum apelo misterioso do destino?

Fosse o que fosse, quando os dois homens se defrontaram com o torso nu e cada um pôde contemplar e comparar a marca do outro, eles se congratularam muito, jurando aliança e fraternidade, na vida e na morte.

E enquanto, por todos os cantos e recantos do estabelecimento, copulava-se e bebiam-se a cerveja insossa de Múrcia e o vinho licoroso da Andaluzia, o manassé da Espanha, recentemente convertido para melhor poder agir na sombra, confiou um segredo ao manassé de Cochim.

Amos abandonou o Livro, o tempo suficiente para virar uma página, e disse ao Estrangeiro:

— Não sabemos exatamente qual o conteúdo do segredo, pois o Livro nada revela sobre a conversa dos dois Manassés. Entretanto, e como o senhor verá em seguida, é possível que a conversa tenha abordado os diversos meios de atentar contra a vida do monge Torquemada, chamado por Isabel, a Católica, de o Grande Inquisidor da Fé. De fato, o carrasco das conversões forçadas cometeu tantos horrores e sevícias contra o povo judeu, que começou a temer pela própria vida. Precisou cercar-se, então, de uma escolta de 200 cavaleiros e 50 homens a pé.

"Podemos ver que, talvez, as ameaças não estivessem à altura daquela guarda cerrada, mas que elas existiam de verdade. Não se diz que o papa Alexandre VI, sucedendo a Inocêncio VIII, ficou arrasado diante dos crimes de Torquemada, a ponto de chamar à ordem o clérigo espanhol?

"Nós é que sabemos: já estava tudo lançado, e a máquina destruidora tão bem lubrificada, com o suor e o sangue, que não mais foi possível detê-la."

Amos, o bíblico, elevou o olhar para o alto, afetando impotência, e retomou a narrativa.

✡

O livro de Amos

A presença em Palos daquele indiano judeu — no nosso presente caso, Saul de Cochim, o trigésimo do nome — alimentava muitas conversas e boatos, até que um dia um representante da Inquisição veio interrogá-lo. Era um sacerdote louco, febrilmente atormentado, e sua brutalidade assustava até mesmo os mais sanguinários.

Com as mãos amarradas às costas, os pés acorrentados, o rosto machucado e as orelhas semi-arrancadas, Saul enfrentava o sacerdote.

Este, pela vigésima vez, perguntou:

— Você aceita renegar a sua crença bestial, que até um porco se recusaria a fuçar se ela se materializasse em excrementos?

E, pela vigésima vez, Saul respondeu:

— Renegar a minha religião seria o mesmo que desaparecer da face da Terra. Como poderia eu abandonar o meu Deus em troca do seu, mesmo que o seu só defecasse mel e amêndoas? Como poderia eu, subitamente, trocar de crença, assim como se troca de camisa? Em vez de mandar o homem escolher entre o melhor e o pior, por que não deixa que o seu deus e o meu ajustem, eles próprios, as suas diferenças?

— Não estou mandando que faça filosofia — exclamou o padre. — Estou esperando a resposta!

— A minha resposta é "não", pois, ao me torturar, obriga-me a recusar tudo que vier de você!

O padre gritou:

— Prefere que eu o lance aos cães; então, que seja!

Dizendo isso, o homem da Igreja cortou, com a maior habilidade, a orelha esquerda de Saul, jogando-a entre as patas de um molosso.

Saul continuou calmo. Não sentia nem dor, e nem tampouco parecia-lhe que o seu fim estava próximo. Inspirado pelo Eterno — que de vez em quando costumava deixá-lo só para que depois melhor pudesse tomá-lo pela mão —, ele se mostrava seguro e arrogante.

Exibindo um sorriso largo, ele falou:

— Olhe aqui, padre: se você fosse apenas um pouquinho esperto, apenas um pouquinho humano, apenas um pouquinho semelhante à imagem do seu deus, iria louvar para mim as virtudes da sua religião. Você me contaria histórias maravilhosas, me seduziria, falando-me do amor filial de Jesus, da ternura de Maria, da clarividência de Paulo e do martírio de Pedro. Faria com que eu revivesse aqueles milagres! Melhor ainda, deixando minha vida salva, você mesmo estaria realizando um milagre!

Furioso, o padre preparava-se para cortar o que ainda restava da outra orelha e pôr fogo na fogueira já preparada, quando chegou um oficial de alta patente, acompanhado por uma escolta de marinheiros.

— Alto! — ordenou o oficial ao padre. — Deixa este homem vivo, pois ele está sendo convocado por um alto posto.

— Quem é você — questionou o sacerdote — que se atreve a reclamar esse verme e livrá-lo da justiça divina?

— Cala essa sua boca — replicou o oficial — e engole a sua raiva. O jovem que está sendo preparado para ser queimado como herege terá, ainda, belos dias à sua frente, porque de agora em diante ele servirá à Coroa da Espanha.

Ouvindo aquelas palavras, Saul de Cochim, o trigésimo do nome, quase desmaiou de tanta surpresa.

Maliciosamente, provocou o Eterno em seu íntimo, reprovando-O por só ter deixado para intervir tão tarde.

Em seguida, depois de desamarrado, e com uma rápida e terrível cabeçada, ele partiu o crânio do inquisidor.

Só mais tarde Saul soube que a sua salvação se devia a Salomon, o convertido. Este havia falado ao almirantado sobre as excepcionais qualidades do indiano, argumentando que ele seria mais útil à realeza vivo do que morto.

Amos, o bíblico, fez uma pausa para dar ênfase ao acontecimento e retomou:

Conduziram o ferido até o cais, onde a nau *Santa Maria*, exibindo uma imensa cruz verde sobre fundo branco estampado com as iniciais de Isabel e Fernando, preparava-se para seguir em direção às Índias.

Centenas de marujos e operários se atarefavam em torno da caravela. Outros, a bordo, passavam em revista o velame, ocupavam-se com o armamento e com a carga. No cais e nas pontes, era só um ir e vir de carregadores, alguns curvados sob sacos de ervilha, farinha, lentilha, outros carregando jarras de óleo, tonéis de carne salgada, barris de vinho, cestos de amêndoas, de abricós e de outras frutas secas. Ainda outros transportavam diretamente sobre os ombros fieiras de alho e cebola, cordames e correntes.

Do seu posto de comando, Colombo supervisionava atentamente os preparativos.

O oficial que acompanhava Saul aguardou com precaução o melhor momento para fazê-lo entrar.

Aos 42 anos, em plena força da idade, o navegador impressionava pela estatura e a acuidade do olhar.

Espantado, por sua vez, com a corpulência do jovem judeu, Colombo adiantou-se, mostrando um largo e franco sorriso nos lábios.

Ao perceber os ferimentos e o que restava das orelhas mutiladas, cortadas rente às têmporas, seu sorriso desapareceu e ele disse:

— Estou desolado por você e pelos seus. Vivemos uma época em que não é nada bom ser judeu na Espanha. Fico muito triste por isso. Veja, o seu povo reside há tanto tempo em nosso país, e em número tão grande, que é impossível saber com certeza quem é e quem não é judeu. Sobre a minha pessoa, e talvez saiba disso, correm também boatos e controvérsias. Uns pretendem que sou judeu; outros, que sou bastardo judeu e genovês. Outros ainda, felizmente, acham que sou digno de servir à Coroa da Espanha. Na verdade, a dúvida existe, pois a minha família sempre se fez cercar pelo segredo.

Ao ver que o homem vacilava sobre as pernas, Colombo fê-lo sentar-se, puxando para a sua frente um cântaro de aguardente de figo:

— Beba, isto lhe fará bem.

Saul corrigiu:

— Mas eu não estou me sentindo mal. Estou só com uma certa dificuldade para me manter de pé, só isso. Quanto às minhas orelhas, não se preocupe, elas vão crescer novamente.

Colombo, então, perguntou:

— Parece que você vem das Índias. De que parte?

— Sou de Cochim, na costa de Malabar.

Colombo se entusiasmou imediatamente:

— Não vai acreditar, mas costumo sonhar com Cochim dia e noite. E me vejo ali, os olhos saciados de exotismo e de graça feminina, depois levando mais adiante a minha expedição, chegando ao Japão e à China. Você sabe, digo para mim mesmo, às vezes, que a verdadeira vida está lá, pois os homens têm à sua disposição espaços infinitos e praticam crenças que são mais brandas e mais abertas do que as nossas. Olha, eu ainda me pergunto se o rei de Portugal, a cujo serviço eu estava, não me teria impedido essa viagem de exploração apenas por medo das minhas origens duvidosas...

Colombo tomou um gole de aguardente e acrescentou:

— Vou apressar-me a fazê-lo saber que os judeus já estão na Índia. Ele vai ficar doente de ciúmes.

Ao riso do explorador, Saul confidenciou:

— Estamos lá há mais de mil anos. E não estamos somente nas Índias, mas também na Ásia Central, na China, no Himalaia, e até no Tibete!

Colombo o encarou com ar divertido:

— O que está me dizendo? Os judeus estão por toda parte, então?

— Estão por toda parte, porque são expulsos de toda parte. Vagueiam pelo mundo dos outros porque nenhum mundo mais lhes pertence. Mas, antes, observa o que se passa na Espanha. Ali eles eram 300 mil. Viviam lá desde uma eternidade, e de repente...

Colombo interrompeu-o bruscamente:

— Engana-se: o "de repente" não chegou assim, como chegou a peste. Foi-se instalando, pouco a pouco, semelhante aos judeus adormecidos num país que consideravam como seu. Olha: a dificuldade com os judeus é que eles acabam por se sentir em casa, seja lá onde for.

Ao que Saul replicou:

— Em Israel, desde 3 mil anos, eu não estava em minha casa? Na Babilônia, há 2 mil anos, eu não estava em minha casa? Na Índia, desde mil anos, não estou eu em minha casa?

Olhou para Colombo friamente e acrescentou:

— O judeu não é como o diarista, que vem colher as suas uvas, ou o seu trigo, para logo partir novamente com o que economizou.

Quando um judeu atravessa uma fronteira, é por uma questão de vida ou morte. Ele pede asilo e proteção. Ou lhe dão, ou lhe recusam. Olhe, então, para o que está acontecendo na Espanha com o meu povo! Não está sendo perseguido pelo demônio cristão, de uma forma pior do que se faz com os ratos e as raposas?

Colombo fê-lo calar-se:

— Peço-lhe, fique sabendo de uma vez por todas que o rei D. João II, de Portugal, ao me mandar de volta para casa, fez com que eu ficasse a serviço do rei da Espanha, que tem muita necessidade de um navegador como eu para fazer frente às pretensões portuguesas na África e na Ásia.

Então, Saul de Cochim, o trigésimo do nome, perguntou:

— E por que esse rei da Espanha precisa atacar os judeus, uma vez que os judeus, como todo mundo sabe, ficam enjoados nas viagens marítimas?

Cristóvão Colombo teve um acesso de riso e exclamou:

— Fale só por você! Quanto a mim, todos os dias dou graças a Deus por nunca ter ficado enjoado no mar.

Com uma arrogância ímpar, Saul respondeu:

— Se você fosse judeu, ficaria enjoado em terra mesmo.

Colombo observou, com delicadeza, o jovem por alguns instantes e lhe falou em voz baixa:

— Há momentos em que eu me sinto judeu no mais fundo do meu ser, quando me percorrem certas angústias inexplicáveis. Nesses momentos, surpreendo-me fugindo: baixo a cabeça e enfuno as velas!

Bateu ligeiramente com a mão sobre o ombro do rapaz e pôs o dedo sobre os lábios:

— Nem uma palavra sobre isso tudo; senão, à menor indiscrição, passarei por cima de você!

Saul mostrou certa inquietação, perguntando:

— Se estou compreendendo bem, vai conservar-me em seu navio?

— Não vou propriamente conservá-lo, mas empregá-lo como assessor para a flora e a fauna indianas.

Depois, acrescentou:

— Quantos dialetos você fala, de fato?

— Mais ou menos 20, entre línguas e dialetos. Sou muito bom, sobretudo em tamil e kanada, em sânscrito e em telugu, mas também me arranjo bem na linguagem da floresta.

Colombo surpreendeu-se:

— Quer dizer, então, que há florestas na Índia, florestas impenetráveis, como na África?

— Sim, impenetráveis, onde só o elefante pode abrir caminho. Até mesmo um tigre não consegue tanto, de tal forma pululam os cipós, prontos a estrangular qualquer felino.

Colombo teve um ar de reprovação:

— Isto está me parecendo um exagero!

Saul se aborreceu:

— Está bem, sim: eu exagero de propósito, pois o exagero, na sua exuberância e transbordamentos, é, também, uma floresta virgem.

Colombo não prestou muita atenção. Perguntou:

— Tem algum conhecimento da religião local? Poderia reconhecer as divindades do panteão hinduísta e budista, uma a uma, com seus avatares e suas réplicas?

— Fique tranqüilo. Terei condições para ensinar os rudimentos de religião e civilização que são próprios a um embaixador de sua estirpe!

Colombo ficou satisfeito e demonstrou:

— Faço-lhe meu conselheiro pessoal. Este acordo fica confidencial entre nós, porque muitos invejosos vão querer-lhe mal, a começar pelos funcionários da Corte, que foram encarregados de velar pela minha pessoa.

Então, Saul disse:

— Talvez fosse melhor para você eu esconder de sua tripulação que sou judeu?

Exalando com força o ar, Colombo respondeu:

— Olha, eu aprecio particularmente os superdotados da sua espécie. Gosto de você! E, já que ainda lhe restam alguns dias de liberdade, aproveite para saudar, de minha parte, Salomon de Toloso. Se está vivo, é a ele que deve!

Quando Saul se retirava discretamente, Colombo o chamou novamente e sussurrou ao seu ouvido:

— Avisa o nosso amigo comum deste fato indigno: Torquemada, o Grande Inquisidor, desde pouco tempo vem se relacionando com as prostitutas, por toda Espanha, para obter informações. Sejam de rua ou de bordel, elas são obrigadas a denunciar os clientes que são circuncidados.

— Os mouros também?

— Os mouros freqüentam os seus próprios estabelecimentos. É uma forma de permanecer puro até mesmo na impureza.

Amos pôs de lado o Livro, dirigindo-se diretamente ao Estrangeiro.

— Suponho que é inútil descrever, para o senhor, os sofrimentos, os martírios suportados pelos judeus da Espanha sob a Inquisição. E a perseguição não durou apenas alguns dias, como se poderia crer, mas se estendeu por vários anos. A princípio foram apavorantes as conversões forçadas. E aqueles judeus, que acreditavam poder escapar ao ódio se renegassem a própria fé, perceberam logo que a conversão não era senão uma etapa da solução final que Torquemada imaginou.

"Sob o pretexto de que alguns convertidos continuavam praticando às escondidas a sua primeira religião, a qual, no entanto, juravam pela Cruz terem abandonado, os inquisidores atingiram a todos.

"O terror não poupou ninguém. Pior ainda: dividiu as famílias e engendrou infâmias e baixezas. Maridos testemunhavam contra as esposas, esposas contra os maridos, irmãos contra as irmãs, filhos contra os próprios pais.

"De 20 a 25 mil convertidos julgados às pressas, ou acabaram esfolados vivos, ou na fogueira. E, como isso ainda não bastasse aos aficionados* *do horror, sentiam prazer em triturar ossos e pisotear cinzas. A humilhação, assim, perpetrava-se além das torturas e da morte. Queimar, assassinar, esmigalhar, isso ainda parecia por demais brando em relação ao que Deus exigia. Então, os carrascos reportavam-se a Ele: quanto mais se mostrassem cruéis, mais alto sentiam-se alcançando os degraus do céu, organizando o seu paraíso futuro.*

"À fogueira, à decapitação, ao esquartejamento somavam-se às vezes penas de substituição julgadas clementes. Elas atingiam, sobretudo, os judeus ricos que

---

* Em espanhol, no original. (N.E.)

haviam prestado serviço à Coroa da Espanha: os agiotas e os banqueiros do rei e do episcopado.

"Primeiro, apagavam-se as suas dívidas, deixando-se ao condenado apenas os olhos para poder chorar. Depois, quem renunciasse a todas aquelas vantagens, reconhecendo a própria culpa, receberia uma vestimenta de juta, marcada com duas cruzes amarelas. Durante um ano, ou 10, ou talvez mesmo pela vida inteira, era-lhe proibido trajar qualquer outra roupa que não aquela."

A bela voz de Amos falseou bruscamente. Ele limpou a garganta, expulsando o gato que se havia pendurado ali.

Com os olhos úmidos, retomou o Livro.

✡

O livro de Amos

Imaginem todos a dor de Saul, o trigésimo do nome, vindo de Cochim para socorrer os judeus da Espanha. Mal havia ele empreendido aquela missão divina, viu-se embarcando na caravela de Cristóvão Colombo, em rota para o seu país de origem.

Tendo partido como um ladrão, iria retornar como um impostor?

Havia um consolo, entretanto: o navegador o estimava e o tratava com muita consideração.

Mas ele não se contentava com isso. Teria preferido pagar com o seu sangue por seus irmãos da Espanha. Em vez disso, ele os havia deixado na desordem e na miséria moral.

Quarenta mil pessoas, as mais influentes, as mais ricas famílias, e também quase todos os rabinos, os eruditos, os artistas optaram por se fazerem batizar.

Cem mil outros partiram para uma viagem sem volta, para Magreb, para o Império otomano e para a Europa. Um alerta aos que fossem procurar asilo em Portugal: a Inquisição iria logo atingi-los, e tão duramente quanto na Espanha.

A bordo da caravela, a Inquisição não mostrou logo a sua verdadeira face. Os padres desconfiavam dos marujos e caminhavam de cabeça baixa. O mesmo se passava nas naus *Pinta* e *Niña*, onde os irmãos Pinzón e Yanez, comandantes daqueles navios auxiliares, pareciam desfrutar apenas das alvoradas luminosas e dos crepúsculos.

Na *Santa Maria*, Saul acreditava-se ao abrigo e se desesperava por isso, mas estava enganado, pois havia um homem que o vigiava. Tratava-se de Diego de Harana, primo de Beatriz Henriquez de Harana, a inspiradora de Colombo. Era um ambicioso, com o perfil de uma ave de rapina. Era o responsável pela água potável, função absolutamente indispensável para uma expedição daquele porte. Era o encarregado também de manter a ordem. Curiosamente, acumulava os dois postos mais invejados e não hesitava em contradizer Colombo.

Digamos que Diego de Harana via com olhos de suspeita a relação amigável de Colombo, senhor único a bordo — depois de Deus —, com aquele estranho indiano que, traço por traço, parecia-se com qualquer judeu de Toledo.

Colombo dirigiu-se primeiro para as Ilhas Canárias, onde fez escala. Ali permaneceu por duas semanas, para reparar alguma avaria e se reabastecer de água. Levantou âncora no dia 9 de setembro. Começou, então, a grande aventura. Teria ele traído D. João II de Portugal, ao penetrar águas proibidas com as embarcações espanholas, ou teria ele se perdido em águas portuguesas, apesar do tratado firmado pelas duas partes e que dividia igualmente o oceano Atlântico entre elas? Não se sabe exatamente.

Ajudado por ventos que sopravam do leste para o oeste, a *Santa Maria* avançou rapidamente.

No dia 12 do mesmo mês, Saul, meditando profundamente na ponte principal, percebeu andorinhas do mar e um albatroz. Notou também a presença de uma ilhota a estibordo.

No dia 16, as três caravelas passaram ao largo do Cabo Verde, depois penetraram um mar de algas, o mar dos Sargaços, o qual atravessaram com certa angústia. Fazia um calor pesado. O oceano, oleoso, assemelhava-se a um vasto lago infestado de serpentes.

No dia 20 de setembro, farta de só comer bacalhau salgado, a tripulação exigiu que se abatessem os carneiros e bezerros que tinham sido embarcados em Palos.

Fazendo pouco da exigência dos marujos, Harana semeou a revolta.

No dia 25, um vigia avistou terra a bombordo. Depois, logo a perdeu de vista na bruma. Andou-se em círculos um dia inteiro, sem nada mais se ver do que pássaros agressivos ao homem.

Sensíveis a sinais e premonições, os marinheiros ficaram desconfiados. Sentia-se uma certa hostilidade no ar. E eles não estavam gostando.

No dia 26, fizeram, por sua vez, como os pássaros, inculpando Colombo, ao qual trataram de trapaceiro e aproveitador. Tinham sido empregados para cobrirem 750 léguas, e essa distância já havia sido percorrida. Reclamavam agora uma recompensa e comida fresca.

Receando que estourassem os motins, Colombo determinou ao seu responsável pela ordem que satisfizesse as exigências da tripulação.

Levantando-se contra Harana, e tomados de medo por sua própria visão do universo, os marinheiros temiam desaparecer para sempre em algum abismo — a boca do nada — situado logo além do mundo terrestre.

Tão forte era a tensão e o terror, que eles ameaçavam tomar o controle do navio, a fim de fazerem meia-volta.

Preocupado com Colombo, Saul de Cochim, o trigésimo do nome, que também poderia se chamar Saul, o sem-orelhas, veio encontrá-lo na câmara dos oficiais.

Aproximando-se, murmurou:

— A revolta começa a rugir, e, se você não se mostrar invulnerável, ela chegará até à *Pinta* e à *Niña*, seus outros navios!

— Que quer dizer? — perguntou Colombo em voz baixa.

— Quero dizer que você deve golpear forte e colocar os líderes no seu devido lugar.

Interessado, Colombo inquiriu:

— E o que é que me sugere?

Saul sussurrou:

— Convoque os cabeças e mostre-lhes o truque do ovo!

— O truque do ovo?

— Ora, ora! Não conhece?

— Francamente, não estou percebendo o que quer dizer! É algum truque de judeu?

— De jeito nenhum. É um truque indiano!

Como os dois homens estavam sendo observados, e também como muitos ali sabiam ler nos lábios tanto quanto nos corações, Colombo propôs que fossem caminhar um pouco pela ponte de cima. Mal foram vistos saindo, ouviram-se vaias e injúrias.

Saul disse:

— É agora o momento, chame-os para vê-lo, e deixe o resto comigo!

Como se encaminhasse em direção ao galinheiro, um local gradeado que ficava na popa do veleiro, Colombo reteve-o pelo braço:

— Para que tanta pressa, menino? E se você começasse a me explicar...

E, então, Saul explicou o teorema do ovo àquele mesmo homem que depois deveria apropriar-se dele — para não dizer usurpá-lo —, tornando-o célebre sob seu próprio nome.

Pouco mais tarde, quando o representante dos marujos contestadores, devidamente eleito, foi introduzido na cabina do genovês, encontrou-o segurando dois ovos na mão. Que rosário mais esquisito!, pensou.

O comandante mandou o homem sentar-se e perguntou:

— Então, marujo, o que é que toda essa queixa da tripulação tem a ver comigo? Quem está com medo do quê? Quem está com medo de quem? Estão me dizendo que vocês estão mal alimentados e maltratados. Estão exagerando. Não é verdade. Olha, pelo que toca à comida, eu como a mesma que vocês: bacalhau, e mais bacalhau, e sempre bacalhau. Quanto à bebida, faço o que todo mundo faz: ponho água no meu vinho.

Alteando a voz, acrescentou:

— Eu trabalho mais do que você, eu durmo menos do que você; eu, sim, teria grandes motivos para me queixar, mas não o faço. Então, fale! Conte para mim o que é que não vai bem.

O homem não se atrevia a olhar nos olhos do navegador. Era um homenzarrão espadaúdo, de cabeleira loura, misto de castelhano e normando. Buscou pelas palavras e acabou por lançar tudo de uma vez:

— O que não vai bem é que nada acontece como queremos. A viagem está demorando demais, o mar está bravo demais, as brincadeiras estão infames demais, as camas são estreitas demais, as latrinas são fedorentas demais, o comandante é arrogante demais, os oficiais são severos demais, o trabalho é duro demais. Mas ainda não é tudo. E uma coisa que nos preocupa, em particular, é que não sabemos aonde estamos indo. Pior ainda, fica parecendo, para nós, que você navega na base da intuição, sem saber ao certo onde está, e nem aonde vai, e nem o que está fazendo!

Em nada sentindo-se atingido por aquelas reclamações, Colombo exibia uma expressão divertida, a que um sorriso inteligente aprimorava.

Com voz alegre, ele perguntou:

— Isso é tudo?

Para sua grande surpresa, o outro replicou:

— Não, não é tudo. Tem outra coisa aterrorizando a tripulação, porque ouvimos o seu assistente declarar a um guarda-marinha que, se continuasse assim, nesta rota insensata, iríamos inevitavelmente cair no abismo que leva ao nada, que fica bem no fim do mar.

Meio divertido, Colombo perguntou:

— Conta para mim como é que você imagina esse abismo!

O ruço misto de normando pousou o punho sobre a mesa e disse:

— Eu o vejo parecido com um precipício gigantesco, tão vasto como o inferno, tão fundo como um mar sem água. Tudo isso, e mais uma língua de dragão e uma garganta de ogro, onde vão cair os navios, sugados como se fossem cascas de noz!

Enquanto dava mais detalhes sobre o abismo, o representante dos marujos contestadores ia cada vez ficando mais pálido de terror.

De repente, Colombo mostrou o seu jogo: empurrando um dos ovos para a sua frente, pediu que o marujo o examinasse, revirando-o por todos os lados. Depois disse:

— Vou lhe provar, por A + B, que sou o único mestre a bordo desta nau, depois de Deus. Vou lhe provar que sei muito bem aonde me dirijo e que é você que tem de obedecer às minhas ordens e confiar em mim. Vou lhe provar que o sucesso desta expedição está nas minhas mãos, e não nas suas. De fato, se se ocupasse do leme e dos ventos, já teríamos naufragado 10 vezes, assim como faz com esse ovo, que é incapaz de colocar ereto.

Envergonhado, o ruço empalideceu ainda um pouco mais, enquanto tentava inutilmente equilibrar o ovo na vertical. A cada tentativa, o ovo balançava para a frente e para trás, ou tombava de lado.

Ao cabo de instantes, tendo experimentado todas as possíveis posições e estratégias, o homem — que era um bom jogador — confessou-se espantado com o fenômeno.

— Acho que caí na sua armadilha. Não é possível fazer um ovo ficar de pé.

Ao que Colombo respondeu:

— Engana-se! O que para você é impossível, para mim não é. Eis aí onde está a diferença entre um simples marujo e o único mestre a bordo, depois de Deus!

O outro estendeu-lhe o ovo, dizendo:

— Muito bem, tente!

— Guarde este — respondeu o navegador. — Precisará dele para mostrar a coisa aos amotinados. Mas, olhe bem: eu prefiro este daqui!

Tomando o ovo, o que conservara na outra mão desde o início da entrevista, Colombo, por sua vez, foi tentar colocá-lo em pé sobre uma das extremidades.

Ao ver que não conseguia, o ruço exibiu um largo e retorcido sorriso de satisfação.

Colombo preveniu:

— Não cante vitória cedo demais.

Dizendo isso, e com um repentino gesto brusco, ele plantou secamente o ovo sobre a mesa. Houve um ruído de casca quebrada. Desta vez, o ovo ficou ereto sobre a base rachada.

Sentindo-se enganado, o ruço exclamou:

— Mas é claro, com um ovo cozido é a coisa mais fácil!

— Talvez — respondeu Colombo —, mas, de qualquer maneira, foi preciso alguém pensar nisso!

Amos, o bíblico, não pôde se impedir de comentar:

— Assim, devolvemos a Saul o que pertence a Saul. Além disso, há uma semelhança entre o nó górdio, de Alexandre, o Grande, e o ovo de Colombo. Com essas ações radicais e bruscas, as quais ninguém poderia esperar, os dois homens demonstraram a sua vivacidade de espírito, a sua faculdade de escolher e de decidir.

Pedindo desculpas pela digressão, ele retomou a narrativa:

✡

O livro de Amos

A história do ovo de Colombo percorreu o navio inteiro. Como o ruço ainda exagerava mais as possibilidades espantosas do único mestre a bordo, depois de Deus, o motim cessou por si mesmo.

Alguns dias mais tarde, a nau *Santa Maria* cruzou com um casal de baleias, sinal este que, para todos, era benéfico. Às baleias, sucedeu-se um cardume de golfinhos. Depois, o céu cobriu-se de intermináveis nuvens de pássaros, cujos vultos rasantes desafiavam o velame, parecendo que lhe davam asas.

No dia 11 de outubro, recolheu-se do mar um galho de roseira brava, cortado por mão de homem.

No dia 12, à luz de uma lua que brilhava como um diamante, Juan Rodriguez, um sevilhano de vigia, avistou recifes.

Com o coração aos pulos, marujos e oficiais aguardaram a noite inteira sobre a ponte.

De madrugada apareceu uma terra paradisíaca, composta de longas praias de areia branca, bordadas por uma floresta exuberante, ao longe emoldurada por colinas azuladas e róseas.

Baixados os botes ao mar, Colombo e os seus oficiais se aproximaram da terra, maravilhados com aquele paraíso, onde estranhos pássaros de longos bicos finos e recurvados saudaram-nos com um alegre e barulhento grasnar.

Desembarcando, enfim, em terra firme, o genovês deixou explodir a sua alegria. Tomando Saul como testemunha, declarou aos oficiais:

— Senhores, eis aqui as Índias! E o nosso jovem amigo aqui, que é nativo de Cochim, vai confirmar isto para vocês.

Todos olharam para Saul.

O jovem examinava a vegetação com um olho escrutador. Ia de árvore em árvore, de planta em planta, de flor em flor. Aspirava, tocava, comparava. Espantava-se com espécies misteriosas, frutas desconhecidas, pássaros jamais vistos, perfumes inéditos.

Perturbado, ia dizer alguma coisa, quando Diego de Harana se adiantou a ele, com sua voz rouca:

— Será que se pode esperar de um judeu outra coisa senão mentira e traição?

Colombo exclamou:

— Por favor, Diego, o momento não é para ódio; é para êxtase!

Dirigindo-se a Saul, disse:

— Peço-lhe que perdoe esse homem que é quase meu primo: a excitação da descoberta fez com que ele perdesse a cabeça.

Saul voltou-se para Colombo com ar malicioso, dizendo:

— Você fala de descoberta, muito bem: nem imagina o quanto está certo. Pois esta não é a minha terra. É uma outra terra, e é tão imensa quanto a Índia, talvez mesmo o seja ainda mais. É alguma coisa como um continente, um novo mundo...

— E no que se baseia para acreditar nisso? — perguntou Colombo, estupefato.

— Na minha memória.

— E o que a sua memória vê nesse mundo?

Em tom profético, Saul respondeu:

— Outros o descobriram antes de você, mas nunca disseram nada.

— Recentemente?

— Oh, não! — exclamou Saul. — Isso remonta à Bíblia, ao rei Salomão!

— Salomão? — murmurou o navegador, de súbito perturbado.

Com ar pensativo, ele acrescentou:

— O que está me dizendo! Será que agora pode ler nos meus sonhos?

— Com certeza esta noite não teve nenhum sonho, a não ser que tenha sonhado acordado, pois eu estava todo o tempo com você, na ponte.

— Mas, justo por isso, ao percorrer febrilmente, de lá para cá, o navio, eu pensava em Salomão e em sua frota de navios fenícios. Eu dizia comigo que os marinheiros do rei judeu já percorriam todos os mares naqueles tempos, e que a *Santa Maria* talvez estivesse apenas seguindo o seu rastro...

Colombo se dominou, não sem uma certa dificuldade. Sem saber ainda se devia se alegrar ou se entristecer com as declarações do judeu, ele se voltou para os seus oficiais e perguntou:

— O que pensam vocês sobre isso? Atingimos as costas da Índia, ou chegamos a alguma outra parte do mundo, pela vontade de Deus?

— Por um lance de gênio — exclamou Saul.

Com ar zombeteiro, Harana exclamou com azedume:

— Você fica aí falando de gênio, mas se me perguntarem um dia quem, Deus ou Colombo, pilotava a nau *Santa Maria*, a minha resposta será a seguinte: Deus estava na barra do leme; Colombo, no bar do navio!

Juan de la Costa, segundo comandante da *Santa Maria* e fiel a Colombo, não gostou nada daquilo:

— O seu coração é feito um calado vazio, o seu peito é a mesma coisa que uma barrica furada de onde escorre excremento e podridão. Na verdade, em toda a minha vida, nunca vi um homem tão triste e tão amargo.

— Sou amargo mesmo, pois Colombo custou muito caro à Coroa da Espanha, de cujas contas sou eu quem cuida. Para equipar toda esta expedição, que está provando ter sido um fracasso, nós só pensávamos nas riquezas da Índia. Mas o que nos reserva esta terra, onde chegamos hoje, senão essa vegetação exuberante? Estou com medo, senhores, do que a realeza irá sofrer em seu bolso, pois quando investiu em Colombo, ela apostou a fundo perdido!

O navegador replicou:

— Agora é a minha vez, senhores, de achar tudo isso demasiadamente amargo. Eis que descobrimos uma *terra incognita*; o que digo eu?, talvez até mesmo um continente, com populações e civilizações das quais nada sabemos sobre suas línguas e costumes. Em lugar de ficar feliz com isso, aquele que é quase meu parente faz cara sombria e fica contando os centavos da Coroa. Não seria mais lógico esfregar as mãos e lembrar que todo novo mundo constitui um tesouro a mais para a Coroa da Espanha?!

Zangado, Harana replicou:

— Ouçam só esse meu quase primo, com essa sua túnica de alquimista, embarcando nessa brincadeira de descoberta! Seria melhor que nos ensinasse as artes da Alquimia e nos mostrasse como se transformam cocos em barras de ouro, e cocô de pelicano em pó de ouro!

Colombo se desembaraçou com um gesto do primo da bela Beatriz e perguntou ao grupo:

— Se esta costa não é de verdade a de Malabar, nem a de Cambay, nem a de Coromandel, como iremos designá-la, como é que iremos batizar o país?

— Vamos chamá-la de Colombo! — gritou em coro a maior parte dos oficiais.

Ouviu-se novamente a voz de Harana:

— Por mais que esteja cheia de cores e de encanto, esta terra, para mim, não passa de artifício e desolação!

Saul de Cochim, consultado por Colombo, sabendo-se longe do país natal, divertiu-se em brincar, sugerindo:

— Acho que devíamos dar a ela o nome daquele que a está rejeitando, para que possamos lamentá-la ainda mais!

— O que é que propõe? — perguntou Colombo. — Certamente que não é chamá-la "La Harana"! Soa falso, faz mal aos ouvidos!

Os homens caíram num ruidoso acesso de riso. Saul esperou pelo silêncio, acrescentando:

— "La Harana" seria elogioso demais, porém, como essa personagem só choca o rancor e bota pensamentos amargos, por que não chamarmos esta terra de América!?

— América! — fez Colombo. — América! Sim, por que não, esse nome soa alto e forte!

— América! — exclamaram os oficiais.

— América! — disseram os marinheiros.

— América! América! Sim, esse nome me agrada muito — repetiu Colombo consigo mesmo. — Pior para Vespúcio, se por acaso ele tiver chegado aqui antes de mim...

Num tom solene, Amos declarou:

— Sabemos agora que Cristóvão Colombo desembarcou no mais rico e vasto de todos os continentes. Se alguns pretendem, e com razão, que aquela descoberta não foi das mais felizes para os povos que ali viviam, entretanto ela permitiu que a Coroa da Espanha se aprovisionasse de ouro e prata até não poder mais.

"Por ter explorado a região durante alguns meses, encontrado estranhas populações indígenas, extrair amostras da flora e de pedras preciosas e minerais, Colombo media perfeitamente a importância que representava semelhante descoberta.

"A realeza, que era o seu financiador, não havia engajado o navegador a fundo perdido, como arengava Harana. Pelo contrário, além das riquezas materiais que ela iria monopolizar em sua demência e histeria, agora lhe seria possível empreender a colonização de metade do continente e impor o seu Deus, destruindo os ídolos e cortando cabeças."

Terminando o aparte, Amos continuou com o Livro.

✡

O livro de Amos

A viagem de volta foi marcada por terríveis tempestades. Uma delas carregou a *Santa Maria*, que se rompeu entre os recifes. Saul e

Colombo, após o naufrágio, se reencontraram na *Niña*, que sofreu por sua vez terríveis ciclones e furacões. No pior momento da tempestade, certo de que sua hora havia chegado, Colombo redigiu às pressas uma narração da sua viagem. Envolveu o manuscrito com um tecido embebido em cera, colocou-o no interior de um tonel hermeticamente fechado e o lançou ao mar. Agindo assim, o navegador garantiria a sua posteridade. Após o naufrágio da *Santa Maria*, não havia ele deixado 39 voluntários em um fortim, por falta de lugar a bordo? Aqueles homens poderiam confirmar o que havia escrito. E ainda seria preciso que, mais dia menos dia, se recolhesse o tonel e se reencontrassem os pioneiros, deixados em alguma parte da costa deserta.

O Livro nos informa que uma outra mensagem, expedida no mesmo tonel e aos cuidados de Isabel, a Católica, rainha da Espanha, tecia elogios a Saul. Colombo o descrevia como excepcional companheiro de viagem, tendo contribuído não só para o sucesso da expedição como, mais ainda, para a localização geográfica do continente em questão. "Esse jovem", dizia ele, "permitiu que eu não viesse a morrer como um idiota. Imaginai só um momento, Majestade, que eu me apresentasse diante de vós como um fanfarrão, declarando: 'Trago-vos um novo caminho para as Índias que nos permitirá chegar em terra em 15 dias, em vez de 60.'

"Suponho que vós me responderíeis: 'Colombo, custastes-me tão caro, que esse ganho em dias, sobre o oceano, não será verdadeiramente como um sonho nas minhas noites.'

"Imaginai ainda, Majestade, que eu vos diga, agora com os olhos brilhantes e o coração batendo forte: 'Trago-vos a América, uma terra imensa, que vale mil vezes as Índias e cujas incomensuráveis riquezas de agora em diante vos pertencem!'

"Suponho que me responderíeis: 'Bravo, Colombo, haveis-me custado caro, porém, já que me trazeis do que sonhar, dia e noite, dizei-me o que lhe dará prazer e não saberei como recusar.'

"Muito bem, Majestade, nada pedirei para mim. Uma única coisa, somente, poderia proporcionar-me esse prazer, que não saberíeis recusar-me. E essa coisa seria a de colocar um termo à Inquisição, de deixar os judeus praticarem os seus cultos em paz. De tranqüilizar aqueles que ainda permanecem na Espanha. De chamar de volta os que preferiram o exílio à renegação de si mesmos. Majestade, vejo em vós uma grande cólera contra mim. E, como receio o que já deveis estar me preparando em réplicas e argumentações, e talvez mesmo em torturas, pois defendo aqui os judeus que vós execrais, deixai-me informar-vos o seguinte: Vede, ó Majestade, nessa América — assim batizada por esse jovem e leal Saul — existem coisas bem piores e muito mais numerosas que os judeus. Deixo de lado os povos minoritários, que são meio ou completamente selvagens, para me fixar nos mais importantes e mais dominadores, aos quais seríamos felizes se pudéssemos forçá-los à ordem e à tortura, em nome da Cruz. E entre aqueles povos que se cobrem de ouro e são adoradores do sol, da chuva, do jaguar e da serpente emplumada, recomendo-vos particularmente os incas, os astecas e os maias. Perto deles, os judeus não passam de pálidas figuras, de raça grosseira e sem interesse, que não merece nem a nossa atenção nem o nosso ódio. Em compensação, teríamos nobres sentimentos mesclados a belos deleites, perseguindo duramente aqueles que vos designo aqui, tanto a sua civilização é avançada em relação à nossa, e o seu Deus, em atraso em relação à fé que nos anima."

Como Amos, o bíblico, parecia perder um pouco o fôlego, o rabino interveio, substituindo-o.

Desculpando-se pela desordem provocada por aquela brusca mudança, ele sorriu para o Estrangeiro, deixando ver uma dentadura em mau estado. Depois, falou:

— A seqüência da nossa história nos é dada apenas em fragmentos. O Livro parece ter perdido a memória, tal como nós perdemos a memória do Livro. Sabe-se que o tonel lançado ao mar jamais chegou às costas de Portugal, ou da Espanha, talvez por ter-se se rompido no percurso.

Sabemos por diversas fontes, notadamente por uma carta de Harana à sua prima, que houve, entre Colombo e Isabel, a Católica, muitas discussões sobre os judeus da Espanha. Como se verá aqui, a rainha se mostrou intratável:

— Que me importa que os teus maias e os teus astecas realizem sacrifícios humanos. Por mais que o façam, jamais farão tantos quanto eu mesma. É claro

que o ouro deles me interessa, como também interessa-me domesticar o seu caráter dominador. Mas vê, não os conhecendo senão por ouvir-te falar deles, e não os vendo senão através dos teus olhos, não sinto nem repulsa nem ódio por esses povos. Com os judeus não acontece a mesma coisa, pois os judeus pagam hoje, a mim, como irão pagar amanhã a outros, pelo crime de terem crucificado Jesus!

"Não se conhece a resposta dada por Colombo. Talvez ele tenha tentado inocentar os judeus daquela acusação. Talvez tenha advogado a seu favor, acusando ainda mais os povos ameríndios e tentando, por meio desse desvio, canalizar para outros horizontes todo o ressentimento e a repugnância da rainha Católica para com os judeus."

Superexcitado de repente, com a voz enrouquecida, o rabino tomou a mão do Estrangeiro e disse:

— Ao senhor, que é um Saul, o último dos Manassés, eu darei agora uma notícia que é da maior importância e pela qual os judeus da Índia sentem um grande orgulho.

Pigarreando, começou sua narrativa.

✡

O livro do rabino

Tendo fracassado com Isabel, a Católica, Colombo mandou chamar o judeu a bordo de um veleiro de três mastros, cujo casco estava sendo reformado por certo número de operários.

Encurtando uma conversa com Simon de Toloso, em casa de quem se havia hospedado, Saul foi atender ao chamado. No caminho, pensava no plano que havia apresentado ao manassé da Casa Roja: o projeto era chegar a Ávila, a cidade de 88 torres, e ali assassinar Torquemada, o Grande Inquisidor. Simon tinha lá um amigo que, como ele próprio, dirigia um bordel freqüentado abertamente por militares de alto posto e, clandestinamente, por alguns homens da Igreja. Na aparência, como no comportamento, nenhuma diferença havia entre os padres e os militares.

Aos 78 anos, Torquemada, vendo-se entre o rigor e o vigor, vivia um conflito íntimo que ninguém, a não ser aquele amigo, poderia supor.

O rabino largou a mão do Estrangeiro e prosseguiu:

Voltaremos a este assunto oportunamente, a menos que não tenhamos tempo para isso. Agora, vamos a bordo daquele veleiro de três mastros, com o casco sobre solo seco, em que um pintor de letras retocava o último "A" de América.

Muito emocionado, Colombo percorria de um lado a outro a cabina do comandante. Não podia compreender o encarniçamento da nobreza e do clero contra os judeus espanhóis. Proibiam-lhes qualquer trabalho, exceto a mendicância. E, quando algum judeu mais corajoso era surpreendido pedindo esmolas, sempre aparecia alguém para impedi-lo.

Bruscamente, o navegador cessou as suas idas e vindas, plantando-se diante de Saul:

— Eis o que decidi. Que aconteça comigo o que tiver de acontecer. Você sabe que só tenho uma palavra, assim como só tenho um nariz e uma boca.

Com um largo gesto, que englobava o veleiro inteiro através da vigia, ele acrescentou:

— Estás vendo este barco? Muito bem: rouba-o de mim e suma daqui!

Saul mostrou surpresa. Para ser franco, ele tinha suas dúvidas. Aquele encontro secreto, a encenação, o lugar, estava tudo de acordo. Quis intervir, porém Colombo não o deixou falar. Com um tom mais autoritário do que amável, como se desejasse desembaraçar-se o mais depressa possível de uma conduta que achava ser da maior importância, ao mesmo tempo que o embaraçava, ele acrescentou:

— Encha-o de judeus, carregue com eles todo lugar que puder, o casco, os dormitórios, os botes, e solte as amarras o quanto antes. Com este veleiro especialmente reformado, chegará a Cochim em 50 dias.

Na realidade, o tom grosseiro de Colombo escondia a sua emoção.

Com a mão sobre o peito, Saul falou:

— Seu gesto é nobre, pois irá salvar centenas de pessoas e só posso lhe agradecer em nome de meu povo, que está morrendo. Uma coisa, entretanto, me atormenta: Como irei devolver o barco?

— Este barco só teme as tempestades e, se escapar aos caprichos do mar, estará de volta antes que eu parta novamente para a América.

Iluminado por um belo sorriso, Saul perguntou:

— Se estou compreendendo bem, roubo-lhe também a tripulação?

Colombo devolveu-lhe o sorriso:

— Dê-me só uma semana para recrutar os homens. Estará pronto daqui até lá?

— Conceda-me alguns dias a mais — respondeu Saul. — Juntar meio milhar de judeus que estão escondidos não vai ser coisa nada fácil. Nossos bairros estão desertos, as nossas sinagogas foram incendiadas.

Colombo interrompeu:

— Acabo de voltar de Toledo e de Ávila. Lá, os órfãos correm pelas ruas, buscando alimento e família.

— Se me apressa assim, como poderei ir até Toledo e Ávila?

— Não é que haja urgência — respondeu Colombo —, mas cada dia que passa é inimigo do segredo. E, você sabe bem, uma empresa como esta só tem sucesso se todos a ignorarem. Até mesmo os seus judeus não devem saber que os está reunindo para fazer-se ao mar.

Saul levou os olhos ao céu e disse, implorando:

— Isso não facilita as coisas para mim. Seja generoso, não me abandone!

Colombo lançou-lhe um curioso olhar e se enraiveceu:

— A ingratidão dos judeus não tem limites! Se acha que não estou fazendo o bastante, podemos parar por aí!

Embaraçado, para não dizer chocado, Saul tranqüilizou-o:

— Há um equívoco: eu me dirigia ao Eterno!

— Ah, assim é melhor. Não falemos mais disso.

— Pelo contrário, falemos disso, pois não podemos continuar nesse mal-entendido!

— Não houve mal-entendido — reforçou Colombo —, não procure brigar comigo. Será crime dizer que os judeus são ingratos?

— É crime até pensar isso. Será que tem alguma prova? Pode me dizer quando me mostrei egoísta com você? Não lhe manifestei sempre o meu reconhecimento?

Colombo se impacientou:

— Não estava falando de você, mas dos outros!

— Sou eu mesmo os outros! — exclamou Saul. — Na verdade, o que faz é repetir o que ouve por aqui e ali: os judeus são avarentos, os judeus são covardes, os judeus são sujos, os judeus roubam, se aproveitam, traem...

Colombo quis detê-lo. Mas não conseguiu, e Saul continuou:

— Diga-me, em vez disso, quem é avaro do seu pão e da sua hospitalidade hoje, na Espanha? Quem é covarde em seus atos? Quem tem sujeira na cabeça? Quem rouba o outro, quem se aproveita, quem trai, quem assassina?

Colombo olhou para Saul com um ar triste e disse, batendo no próprio peito:

— Acalme-se, meu menino. De repente, eis que você vem esclarecer-me sobre mim mesmo. É verdade, sou sensível ao rumor e receptivo à propaganda. Julgo os judeus segundo o que já ouvi. Talvez o melhor para mim fosse escutar as batidas do meu coração e buscar em minha alma certas reminiscências de minhas vidas passadas.

Saul pensou haver ali alguma ironia, mas, quando viu Colombo verdadeiramente arrasado, tentou acalmá-lo:

— Peço-lhe, esqueça o que eu lhe disse, tudo isso é ridículo. Acho que o Eterno quis zombar de mim.

Ao que Colombo respondeu:

— Muito bem. Louvo o Eterno por me ensinar tantas coisas sobre minha pessoa em tão pouco tempo...

Em um aparte para o Estrangeiro, o rabino lhe disse:

— Colombo manteve a sua promessa. A nau América *deixou Palos no dia 2 de abril de 1495. No dia 28 de junho, ela aportava em Cochim. Quatrocentos e sessenta e oito passageiros, dos quais 200 órfãos, desembarcaram naquela outra Terra Prometida.*

"No correr dos séculos, muitos deles misturaram seu sangue, tornando-se mestiços. Outros emigraram para a China, chegando a Xi'an e Kaifeng. Outros, ainda — como nós aqui —, permaneceram pelo caminho, prisioneiros da floresta."

O rabino balançou a cabeça para a frente e para trás, acrescentando:

— E, agora, o senhor conhece toda a nossa história.

Franzindo as sobrancelhas, o Estrangeiro falou:

— Não totalmente. Ao não me contarem mais nada sobre Saul, o trigésimo do nome, deixaram-me insatisfeito!

O rabino confidenciou:

— Se não digo mais nada sobre Saul é porque efetivamente não sabemos mais nada sobre ele.

Com um olhar estranho, o Estrangeiro disse:

— Evidentemente, ele não se encontrava a bordo da América, *não?*

— De fato, o senhor adivinhou. Ele não estava a bordo.

E o Estrangeiro:

— Suponho que, tendo permanecido na Espanha, Saul tentou matar o Grande Inquisidor?

— Eis aí séculos sobre os quais só podemos supor e imaginar: Terá Torquemada sucumbido sob nossos golpes, naquela casa de Ávila, ou terá morrido de velhice aos 78 anos?

O Estrangeiro percebeu certa cumplicidade no rabino e deu graças por aquilo.

— Na verdade — prosseguiu o rabino —, a lenda deveria nos mostrar Torquemada em seu próprio aposento, interrogado por Saul e agonizando sob suas palavras.

— Gosto muito desse final. Agrada-me saber Torquemada torturado pelas palavras.

E acrescentou:

— Uma vez que a lenda permanece muda a respeito dos últimos dias de Saul, por que não o imaginarmos como o vingador e o justiceiro, enfrentando Torquemada numa alcova despida, de paredes nuas e frias? As palavras de Saul ecoam sobre as pedras. E cada sílaba pronunciada pelo judeu penetra o coração do carrasco, e nele afunda mais que uma lâmina...

— Por que não? — fez o rabino.

— Por que não? — repetiu Amos, o bíblico.

Absalão mostrou-se mais interessado:

— É sempre bom virar a História de cabeça para baixo, assim como se revira uma pirâmide. Embora seja mais fácil revirar a História do que colocar a pirâmide sobre seu cume. Sim, eu posso muito bem ver Torquemada ser torturado por um judeu e morrer das palavras que ouviu!

O Estrangeiro interveio:

— Você fala coisas excelentes, Amos. Não haveria pior fim para o Inquisidor, e melhor lenda para nós, do que ver Torquemada agonizar em sua própria casa, sob as palavras de um manassé marcado com o sinal secreto.

Com os olhos brilhantes, o rabino, por fim, se entusiasmou:

— Estamos de acordo em fazer com que Torquemada morra sob o efeito das palavras. Mas quais palavras? As palavras de todos os dias, ou as dos sábados, pelo verbo e a oração? E outra coisa: Torquemada morre de vergonha ou de ódio?

— A vergonha para mim seria o melhor, no entanto o ódio é mais plausível.

— Mais uma questão — disse o rabino. — Se fazemos Torquemada morrer pelas palavras de Saul, como faríamos morrer Saul? Terá sido surpreendido na casa do Inquisidor pelos seus guardas pessoais? Terá sido preso em alguma parte e enviado para o outro mundo?

O Estrangeiro propôs:

— Se posso me permitir, nada prova que Saul de Cochim tenha sido morto. Talvez tenha se extinguido em idade centenária. Enfim, e sobretudo, nada prova que ele esteja morto!

Amos observou:

— Nada prova que Saul tenha assassinado Torquemada por meio de palavras!

— E nada prova o contrário — disse o rabino.

— Enfim, e sobretudo — retomou o Estrangeiro —, quem sabe não terá o Eterno deixado Saul, o trigésimo do nome, à beira de um caminho na Espanha, como havia deixado Saul de Cochim, primeiro do nome, à beira de um caminho na China?

Uma agitação percorreu toda a sinagoga quando o Estrangeiro se levantou de repente. Ninguém mais tinha dúvidas: estavam se aproximando de uma verdade. Então, o Estrangeiro falou:

— Disse a vocês, hoje de manhã, que meu nome era Saul. Mostrei a todos meu ombro tatuado. Estranhamente, vocês não fizeram a relação...

Dos bancos partiu um murmúrio. Ouviram-se ruídos com os pés e uma ligeira inquietação.

Todos aguardavam por um lance teatral.

O Estrangeiro esperou que a calma retornasse, depois falou:

— Nada prova que eu seja Saul de Cochim, o quadragésimo segundo do nome. Nada prova o contrário. Uma coisa é certa: vocês me esperavam. Eu vim.

Um raio que caísse bem no meio da sinagoga não provocaria terror maior que o que sucedeu.

Paralisados, os narradores e o rabino permaneceram um momento olhando para o Estrangeiro, sem verdadeiramente ousarem fitá-lo nos olhos.

Buscavam por alguma semelhança entre aquele Saul, de Israel, e o Saul de Cochim, deles.

Ancorados na mitologia, não estavam encontrando nenhum auxílio nela.

Foi quando o Estrangeiro disse:

— Ninguém verá o Eterno guiar-me através dos caminhos da Espanha, tampouco vocês não poderão ver Saul fretar um barco, ou um avião, para transportá-los para a Terra Prometida.

Aureolado de mistério, ele acrescentou:

— Deus está com você, não comigo. Minha missão não é divina, ela é apenas humanitária...

— Humanitária — murmurou o rabino, ainda se recompondo do choque que havia levado. — Quer dizer que o senhor nos levará para Israel, assim como Saul de Cochim levou para a Índia os judeus da Espanha?

— Vocês me forçam a repetir — respondeu Saul de Israel. — Eu ajo em nome do meu governo, não em nome de Deus.

Àquelas palavras que não satisfaziam a assistência porque incertas demais, todos suspiraram.

No fundo de si mesmos, todos, narradores e rabino, tanto os que falavam como os que ouviam, podiam, apesar de tudo, ver a mão do Eterno em sua salvação.

Amos, o bíblico, questionou:

— Nada prova que o senhor seja mesmo Saul de Cochim, o quadragésimo segundo do nome. Nada prova o contrário. Não pedimos outra coisa senão acre-

ditar, mas, cá entre nós, não teria sido, antes, Saul de Cochim que o enviou em nosso socorro?

Pressionado por todos aqueles olhares febris, suspensos a seus lábios, Saul de Israel deu-lhes uma resposta que lhes pareceu satisfatória:

— Por acaso neguei a influência de Saul de Cochim na nossa decisão?

Pigarreando para tomar coragem, Amos, o bíblico, arriscou:

— Ele está lá, não está?

— Você fala a primeira coisa que lhe ocorre! — exclamou o rabino. — Você vê bem que ele está aqui entre nós!

E tomou a mão do Estrangeiro e a beijou.

Outros narradores o imitaram, beijando furtivamente aquela mão.

O Estrangeiro afastou-se, respondendo à pergunta que todos faziam:

— Tranqüilizem-se todos, se ele ainda não está lá, logo estará. Esse Saul de Cochim habita em vocês, está em vocês, é a alma de vocês. Forçosamente os acompanhará na viagem.

Todos se felicitaram com a resposta. Era clara e calorosa. E já pensavam em voltar para casa, para preparar a bagagem, quando uma minúscula voz, delicada e inofensiva, elevou-se ao fundo da sinagoga:

— A palavra que mata é única e indivisível, ou se compõe de muitas palavras que ferem?

Como ninguém respondia, a voz perguntou:

— Quando estivemos em Israel, aprendemos essas palavras que ferem e matam?

Como as pessoas pareciam não estar compreendendo aquela voz, elas se levantaram e começaram a sair.

O Estrangeiro procurou saber de onde ela vinha. Ainda havia um momento para olhar em volta. Não percebendo ninguém senão ele, acabou compreendendo que aquela voz era a dele: um fantasma em voz de timbre deformado, como se ele se escondesse de seus próprios pensamentos.

Então, dirigiu-se à voz:

— Você apresentou a indagação que me persegue desde que cheguei aqui. Terei o direito de lhe ensinar a matar com outra coisa que não com as palavras? Terei o direito de lhe expor às bombas, aos atentados, a todos os perigos que o espreitam? Terei o direito de fazê-lo morrer? Diga-me, terei o direito de decep-

cioná-lo? Terei o direito de lhe dizer: 'Você não vem? O país de onde você partiu não é mais o do leite e do mel. O leite coalhou, o mel endureceu.'

"Deverei lhe dizer: 'Fica aqui, pois é aqui que você está em casa?'

"Posso ao menos preveni-lo, dizer-lhe que os seus heróis não o seguirão para lá?

"Peço-lhe, fica então com Saul de Cochim. Fica com Jezabel e Saul de Bucara. Fica com sua lenda..."

Então, o Estrangeiro abandonou a voz à sua sorte e, entristecido, deixou a sinagoga.

Do lado de fora, o rabino e os narradores o aguardavam. Cantavam. Riam.

Ele os olhou, e pensou:

"Decididamente, meu velho Saul, somente você não está participando da festa..."

Impresso no Brasil pelo
Sistema Cameron da Divisão Gráfica da
DISTRIBUIDORA RECORD DE SERVIÇOS DE IMPRENSA S.A.
Rua Argentina 171 – Rio de Janeiro, RJ – 20921-380 – Tel.: 2585-2000